Isaac Asimov

Mortelle est la nuit

précédé de

Chante-cloche

*Traduit de l'américain
par Michel Deutsch*

Denoël

Ces nouvelles sont extraites du recueil *Histoires mystérieuses*
(Folio SF n° 122).

Isaac Asimov naît en Russie, près de Smolensk, en janvier 1920, dans une famille juive. Ses parents émigrent aux États-Unis lorsqu'il a trois ans et s'installent à Brooklyn où son père tient une confiserie. C'est dans ce *candy-store* que le jeune garçon découvre les magazines de science-fiction. La famille Asimov devient américaine en 1928. Élève brillant dans les matières littéraires et scientifiques, Isaac Asimov obtient un doctorat en biochimie et commence à enseigner à l'Université de Boston. Ses premières nouvelles paraissent en 1939 dans le magazine *Amazing Stories*. Rapidement, il s'impose comme l'un des auteurs majeurs de science-fiction aux États-Unis. En 1942, il se marie avec Gertrude Blugerman et a deux enfants. Il divorcera trente ans plus tard pour épouser Janet Jeppson. En 1958, le succès de ses nouvelles lui permet d'abandonner l'enseignement pour se consacrer à l'écriture. Jusqu'à sa mort le 6 avril 1992, il travaille sans relâche à une œuvre qui compte plusieurs centaines d'ouvrages, parmi lesquels des romans policiers, des textes de vulgarisation scientifique, des anthologies, etc. Il a également écrit son autobiographie, *Moi, Asimov*. Son œuvre la plus célèbre, le cycle de Fondation, se déroule au 13e millénaire et retrace l'effondrement et le renouveau d'un empire galactique à la lumière d'une science imaginaire, la psychohistoire, basée sur les probabilités pour prévoir l'avenir. Les trois premiers volumes du cycle ont reçu le prestigieux prix Hugo en 1966.

Asimov écrit en parallèle le cycle des Robots, dans lequel

il énonce les célèbres lois de la robotique : « Première loi : Un robot ne peut nuire à un être humain ni laisser sans assistance un être humain en danger. Deuxième loi : Un robot doit obéir aux ordres qui lui sont donnés par les êtres humains, sauf quand de tels ordres sont incompatibles avec la Première loi. Troisième loi : Un robot doit protéger sa propre existence tant que cette protection n'est pas incompatible avec la Première ou la Deuxième loi. » Ce cycle, par le biais d'un de ses héros, sera finalement relié à celui de Fondation, pour créer une vaste et unique histoire du futur de l'humanité.

Figure emblématique et tutélaire de la science-fiction, Isaac Asimov s'est imposé comme l'un des plus grands écrivains du genre par l'immense ampleur intellectuelle de ses créations littéraires.

Découvrez, lisez ou relisez les livres d'Isaac Asimov :

CHRONO-MINETS (Folio SF n° 83)

LES DIEUX EUX-MÊMES (Folio SF n° 120)

LA FIN DE L'ÉTERNITÉ (Folio SF n° 89)

HISTOIRES MYSTÉRIEUSES (Folio SF n° 122)

MOI, ASIMOV (Folio SF n° 159)

LES VENTS DU CHANGEMENT (Folio SF n° 75)

Le cycle de Fondation (nouvelle édition) :

FONDATION (Folio SF n° 335)

FONDATION ET EMPIRE (Folio SF n° 336)

SECONDE FONDATION (Folio SF n° 337)

FONDATION FOUDROYÉE (Folio SF n° 338)

TERRE ET FONDATION (Folio SF n° 339)

FLÛTE, FLÛTE ET FLÛTES (Folio SF n° 163)

AU PRIX DU PAPYRUS (Folio SF n° 196)

DANGEREUSE CALLISTO (Folio SF n° 217)

L'HOMME BICENTENAIRE (Folio SF n° 407)

CHER JUPITER (Folio SF n° 414)

Chante-cloche

Louis Peyton ne fit jamais publiquement allusion aux méthodes qu'il avait utilisées pour mystifier la police terrienne à une douzaine de reprises, à coups d'astuce et de bluff, en échappant chaque fois à la curiosité de la psychosonde. Il aurait été bien malavisé d'être aussi bavard mais, dans ses moments d'euphorie, il caressait l'idée de rédiger un testament (à n'ouvrir qu'après sa mort) à la lecture duquel il apparaîtrait clairement que toutes ses victoires étaient dues, non à la chance, mais à son habileté.

Dans ce testament, il écrirait : « Le criminel qui cherche à dissimuler son crime laisse inévitablement l'empreinte de sa personnalité dans une telle tentative. Il est donc préférable d'utiliser les données concrètes existantes et d'agir en fonction de celles-ci. »

C'est en appliquant cette règle d'or que Louis Peyton prépara l'assassinat d'Albert Cornwell.

Ce dernier, fourgue à la petite semaine, se rendit chez Grinell, le restaurant de Peyton, pour prendre contact avec lui. Son complet bleu avait un brillant tout particulier, son visage ridé un sourire tout particulier et sa moustache décolorée un hérissement tout particulier.

— Quel plaisir de vous rencontrer, Mr Peyton ! s'exclama-t-il sans éprouver le moindre frisson quadridimensionnel à la vue de son futur meurtrier. J'avais presque renoncé à cet espoir.

— Si vous avez une affaire à me proposer, Cornwell, vous savez où me toucher, répondit Peyton qui avait horreur d'être dérangé quand il dégustait son dessert en lisant le journal chez Grinell.

Il était passé du mauvais côté de la quarantaine et ses cheveux n'étaient plus aussi noirs qu'autrefois mais il se tenait droit, son maintien était juvénile, son regard direct et, résultat d'une longue habitude, sa voix conservait sa sonorité sèche.

— Il s'agit d'une affaire tout à fait spéciale, Mr Peyton, dit Cornwell. Tout à fait spéciale. Je connais une cachette de… vous voyez ce que je veux dire, monsieur…

Son index droit s'agita doucement comme pour frapper un objet invisible et il plaça sa main en coupe derrière son oreille.

Peyton tourna la page de son journal encore humide — il venait de le sortir du télé-distributeur —, le replia et demanda : « De chante-cloches ?

— Chut ! Taisez-vous, Mr Peyton, chuchota son interlocuteur avec affolement.

— Venez avec moi. »

Les deux hommes gagnèrent le parc. C'était là un autre axiome de Peyton : si l'on voulait qu'une conversation demeure à peu près discrète, la meilleure solution était de discuter à voix basse et en plein air.

— Je sais un endroit où il y a des chante-cloches en pagaille, Mr Peyton, dit Cornwell. À l'état brut mais de toute beauté.

— Vous les avez vues ?

— Non. Mais je connais quelqu'un qui les a vues. Cette personne m'a donné suffisamment de preuves pour me convaincre. Le stock est assez important pour nous permettre à tous les deux de finir nos jours dans la prospérité. C'est la fortune, cher Mr Peyton !

— Quelle est cette personne ?

Une expression rusée passa sur le visage de Cornwell telle une torche fumeuse l'assombrissant au lieu de l'éclairer et donnant à ses traits une sorte d'onctuosité repoussante. « Je tiens l'information d'un fouille-tout spécialisé dans les recherches séléniques qui avait trouvé une méthode pour localiser les chante-cloches dans les cratères lunaires. Je ne connais rien de sa technique : il ne m'en a jamais parlé. Mais il a ramené sur terre une bonne douzaine de chante-cloches qu'il a revendues.

— Je suppose qu'il est mort ?

— Oui. Un déplorable accident, Mr Peyton. Il a fait une chute d'une grande hauteur. Quelle tristesse ! Comme bien vous pensez, ses activités lunaires étaient parfaitement illégales. Le Dominion est extrêmement strict en ce qui concerne les prospecteurs clandestins qui sont à la recherche de chante-cloches. Aussi peut-on présumer qu'on lui a réglé son compte. Toujours est-il que je possède les cartes qu'il a établies.

— Les détails de votre petite transaction me sont indifférents, dit Peyton avec un calme imperturbable. Ce qui m'intéresse, c'est de savoir pourquoi vous êtes venu me trouver.

— C'est que le gâteau est assez gros pour que nous le partagions, voyez-vous ? Nous sommes l'un et l'autre des spécialistes dans notre branche. Pour ma part, je sais où sont les chante-cloches et je suis en mesure de fréter un astronef. Quant à vous…

— Quant à moi ?

— Vous êtes un pilote émérite et vous possédez tous les contacts nécessaires pour négocier ensuite les chante-cloches. J'estime que c'est là une division du travail tout ce qu'il y a d'honnête, Mr Peyton. Qu'en pensez-vous ? »

Peyton réfléchit quelques instants. Il avait des règles d'existence fixées *ne varietur* et cela convenait admirablement à l'opération, semblait-il.

— Nous partirons pour la Lune le 10 août, laissa-t-il tomber.

Cornwell sursauta. « Mais nous ne sommes qu'en avril ! s'exclama-t-il. En avril, Mr Peyton, répéta-t-il en pressant le pas car il s'était arrêté sous l'effet de la surprise et Peyton avait continué de marcher.

— Le 10 août... Je prendrai langue avec vous en temps voulu pour vous dire où l'astronef devra m'attendre. Je vous serais reconnaissant de ne pas chercher à prendre personnellement contact avec moi avant que je ne vous fasse signe. À bientôt, Cornwell.

— Cinquante-cinquante ? demanda ce dernier.

— Parfaitement. Je vous salue, mon cher Cornwell. »

Peyton, une fois débarrassé de Cornwell, continua sa promenade tout en réfléchissant à certains aspects immuables de son style de vie. À vingt-sept ans, il avait acheté un terrain dans les montagnes Rocheuses. L'ancien propriétaire y avait fait construire une maison destinée à servir d'abri en cas de guerre atomique. Deux siècles s'étaient écoulés depuis cette époque et il n'y avait pas eu de guerre atomique. Néanmoins, le refuge était toujours debout. C'était un véritable monument dont les occupants, en proie à la panique, pouvaient se suffire à eux-mêmes dans des conditions d'autarcie absolue.

La maison, construite en ciment armé, se dressait dans un endroit isolé, très haut au-dessus du niveau de la mer, et les montagnes la protégeaient de toute part. Elle était équi-pée d'un groupe électrogène autonome, des torrents assuraient son alimentation en eau, dix quartiers de bœuf pouvaient tenir à l'aise dans la chambre froide et la cave constituait une véritable forteresse où était entreposé un arsenal suffisant pour repousser les hordes affolées et affamées… qui n'étaient jamais ve-nues. Le système de climatisation était conçu pour filtrer et refiltrer l'air jusqu'à élimina-tion complète de la radioactivité.

Peyton, qui était célibataire, avait pour principe intangible de passer le mois d'août dans ce bastion de survivance. Il coupait les communications, la télévision et le distribu-teur de téléjournaux. Il enclenchait le champ de force ceinturant la propriété et mettait en place un signal d'alarme rapproché à l'en-droit où la piste qui serpentait à travers la montagne coupait ce rempart.

Un mois par an, il jouissait ainsi d'une soli-tude absolue. Personne ne l'apercevait, per-sonne ne pouvait l'importuner. C'étaient là

des vacances inappréciables après onze mois passés à côtoyer une humanité envers laquelle il n'éprouvait qu'un mépris glacé.

La police elle-même — un sourire joua sur les lèvres de Peyton — était au courant de la valeur qu'il attachait à ce mois d'inactivité totale. Il lui était arrivé, alors qu'il était en liberté provisoire, de se dérober à la justice au risque de passer à la psychosonde plutôt que de renoncer à son congé d'août.

Peyton médita sur un autre aphorisme qu'il envisageait également de faire figurer dans son testament : rien ne fait autant préjuger l'innocence d'un suspect que l'absence triomphale de tout alibi.

Le 30 juillet, comme le 30 juillet de chaque année, Louis Peyton prit le stratojet agravifique de 9 h 15 à New York et arriva à Denver à midi trente. Il embarqua à bord du stratobus semigravifique et atterrit à Hump's Point où Sam Leibman le conduisit jusqu'à son domaine dans un vieux tacot tout terrain (à peine gravité !). Sam Leibman accepta solennellement le pourboire de dix dollars traditionnel et toucha le bord de son chapeau comme il le faisait tous les 30 juillet depuis quinze ans.

Le 31 juillet — comme chaque année à la même date —, Louis Peyton se rendit à Hump's Point à bord de son aéroglisseur subgravifique et acheta au bazar tout ce dont il aurait besoin pour un séjour d'un mois. Sa commande n'avait rien d'inhabituel. Depuis quinze ans, il faisait pratiquement les mêmes emplettes.

MacIntyre, le directeur du magasin, pointa gravement la liste, la communiqua au bureau d'approvisionnement central de Denver et, une heure plus tard, le transféreur de masse livra la totalité des articles demandés. Peyton chargea le tout dans son aéroglisseur avec l'aide de MacIntyre, laissa un pourboire de dix dollars — c'était encore dans la tradition — et rentra chez lui.

Le 1er août, à 0 h 1, il brancha le champ de force qui isolait complètement son domaine du monde extérieur.

À partir de ce moment, il rompit avec sa routine. Il s'était accordé huit jours qu'il mit à profit pour détruire méticuleusement tous les vivres qu'il était censé consommer pendant le mois d'août. Pour cela, il utilisa le dispositif d'élimination dont était équipée la demeure et qui servait à se débarrasser des ordures ménagères. C'était un système perfectionné capable de réduire toute forme de matières, y compris les métaux et les silicates, à l'état de poussière moléculaire impalpable et indécelable. L'excès de chaleur dû à l'énergie mise en œuvre était absorbé par la rivière qui traversait la propriété. Pendant une semaine la température de l'eau fut de cinq degrés supérieure à la normale.

Le 9 août, Peyton prit son aéroglisseur et gagna le Wyoming où l'attendaient Albert Cornwell et son astronef. Ce dernier constituait naturellement un maillon de moindre résistance dans la mesure où quelqu'un l'avait vendu à Cornwell et où une équipe l'avait préparé. Mais, en définitive, la piste aboutirait au seul Cornwell. Et cette piste, songea Peyton avec un sourire glacé, serait en l'occurrence une impasse.

Le 10 août, l'astronef décolla avec un pilote, Peyton en personne, et un passager, Cornwell. Plus les cartes de ce dernier. Le champ non-gravifique était parfait. À plein régime, le poids de l'engin se réduisait à quelques grammes. Ses micropiles silencieuses fonctionnaient efficacement. Sans bruit et sans sillage de flammes, le vaisseau traversa l'atmosphère et disparut.

Il était fort peu vraisemblable que quiconque eût assisté à son départ, ou que, en cette époque de paix, il y eût un radar aux aguets dans les montagnes. Effectivement, il n'y en avait aucun.

Deux jours dans l'espace. Puis deux semaines sur la Lune. Presque instinctivement, Peyton s'était fixé ce délai dès le départ. Il n'avait aucune illusion quant à la valeur des cartes relevées par les cartographes amateurs. Elles étaient indiscutablement utiles à celui qui les avait confectionnées — à titre d'aide-mémoire — mais, pour quelqu'un d'autre, ce n'étaient que des cryptogrammes indéchiffrables.

Cornwell ne montra la sienne à son compagnon qu'après qu'ils eurent décollé. « Après tout, mon cher, c'était mon seul atout, fit-il avec un sourire obséquieux.

— Avez-vous vérifié sur des projections sélénologiques ?

— Comment l'aurais-je fait ? Je me fie entièrement à vous. »

Peyton lui rendit la carte en lui décochant un regard dépourvu d'aménité. Le seul élément sérieux de ladite carte était la localisation du cratère Tycho, site de Luna City, la ville enlisée.

Néanmoins, l'astronomie jouait en la faveur des deux hommes : pour le moment, Tycho se trouvait dans la zone éclairée de la Lune. Autrement dit, il y aurait moins de patrouilleurs de la Spatiale et le risque de détection serait réduit au minimum.

Témérairement, Peyton se posa en catastrophe dans l'ombre portée d'un cratère où l'on serait en sécurité : le soleil avait dépassé le point zénithal et la zone d'ombre s'allongeait au lieu de diminuer.

Cornwell fit la grimace. « Je nous vois mal faire de la prospection pendant le jour lunaire, cher Mr Peyton.

— Le jour lunaire ne dure pas éternellement, répondit sèchement Louis. Il nous reste une centaine d'heures d'ensoleillement. Nous pourrons les utiliser pour nous acclimater et mettre votre carte à l'épreuve. »

La réponse au problème intervint rapidement. Mais c'était une réponse multiple.

Peyton se plongea dans les relevés lunaires, effectua des mesures méticuleuses pour essayer d'identifier les cratères indiqués sur le plan gribouillé et qui étaient la clé... la clé de quoi ?

Enfin, il déclara : « Le cratère qui nous intéresse peut être ou bien GC-3, ou bien GC-5, ou bien MT-10.

— Comment allons-nous procéder ? s'enquit anxieusement Cornwell.

— Nous allons les essayer tous les uns après les autres en commençant par le plus rapproché. »

Le soleil passa au-delà du terminateur et ce fut la nuit. Les deux hommes firent des stages de plus en plus prolongés à l'extérieur, s'accoutumant au silence et aux ténèbres, à la vue des aveuglants points de lumière qu'étaient les étoiles et de l'étroit croissant de la Terre qui les observait, juste au-dessous du cratère. Leurs pas laissaient de profondes empreintes informes dans la poussière sèche, immuable et immobile. Peyton ne les remarqua que le jour où ils eurent escaladé la paroi intérieure du cratère et que le clair de Terre les baigna. Il y avait une semaine qu'ils étaient arrivés.

En raison du froid lunaire, ils ne pouvaient rester longtemps dehors. Néanmoins, chaque jour, ils prolongeaient un peu la durée de leurs excursions. Le onzième jour, ils avaient éliminé GC-5 : ce ne pouvait être là que se trouvaient les chante-cloches.

Le quinzième jour, le désespoir faisait bouillir le flegmatique Peyton. Il fallait que les chante-cloches soient dans les entrailles de GC-3. MT-10 était trop loin : ils n'auraient pas le temps de parvenir à ce cratère et de l'explorer, compte tenu du fait qu'il était impératif qu'ils soient de retour sur Terre pour le 31 août.

Ce fut précisément ce jour-là qu'ils découvrirent les chante-cloches.

Elles n'étaient pas belles. C'étaient de simples blocs de roche grise à la forme irrégulière, gros comme les deux poings réunis, légers comme des plumes du fait de la faible pesanteur lunaire. Elles étaient, pourrait-on dire, pleines de vide. Il y en avait deux douzaines et chacune, après polissage, pourrait rapporter cent mille dollars au bas mot.

Les deux hommes les couchèrent avec soin dans des lits de paille. Il leur fallut faire trois navettes en terrain accidenté. Sur Terre, le voyage aurait été épuisant mais, en raison de la gravité lilliputienne de la Lune, ces accidents de terrain constituaient un obstacle dérisoire.

Enfin, Cornwell tendit à Peyton, debout dans le caisson d'accès de l'astronef, la dernière chante-cloche.

— À présent, je monte à bord, dit-il dans son micro.

Sa voix avait un timbre métallique dans les écouteurs.

Il prit son élan pour sauter, leva la tête et, pris de panique, parut se pétrifier. Une dernière grimace de terreur crispa son visage que son complice voyait distinctement à travers le hublot de lusilite du casque.

« Non, Mr Peyton ! s'exclama-t-il. Non ! »

Peyton serra plus fortement la crosse de son fulgurateur. L'arme cracha. Il y eut un éclair aveuglant, presque intolérable, et Cornwell ne fut plus qu'un débris humain, un geyser de chairs mêlées à des fragments de vidoscaphe maculés de gouttes de sang gelé.

Peyton ne s'attarda pas plus d'une seconde à contempler sa victime d'un air sombre. Il rangea la dernière chante-cloche dans le récipient prévu à cet usage, ôta sa combinaison,

enclencha d'abord le champ de non-gravité,
puis les micropiles, et mit le cap sur la Terre
avec, dans son escarcelle, un ou deux mil-
lions de dollars potentiels de plus qu'il n'en
avait deux semaines plus tôt.

Le 29 août, le vaisseau se posa, la poupe en
avant, sur le terrain d'où il était parti le 10.
L'endroit avait été bien choisi. L'aéroglisseur
était toujours là, dissimulé dans une anfrac-
tuosité rocheuse comme il y en avait tant
dans cette région tourmentée.

Peyton cacha les étuis contenant les chante-
cloches dans une crevasse et les recouvrit de
terre. Cela fait, il regagna la cabine de l'astronef, procéda à un ultime réglage et mit pied
à terre. Deux minutes plus tard, le vaisseau,
en pilotage automatique, décolla. En silence,
il s'éleva, mit cap à l'ouest. Peyton les paupières plissées le suivit des yeux. Soudain, une
minuscule étincelle fulgura et une infime
bouffée de fumée naquit dans le ciel.

Un rictus retroussa les lèvres de Peyton. Il
avait bien calculé son coup. Il avait rendu
inutilisables les barres de cadmium régula-
risant la fusion nucléaire : l'astronef s'était
volatilisé dans un embrasement atomique.

Vingt minutes plus tard, Peyton était chez lui. Il était fatigué. La pesanteur terrestre lui plombait douloureusement les muscles. Il dormit bien.

Douze heures plus tard, au petit jour, la police fit irruption dans son refuge.

*

L'homme qui avait ouvert croisa les mains sur sa bedaine et, souriant, hocha la tête à deux ou trois reprises en signe de salut. Son visiteur, H. Seton Davenport, du T.B.I., le Terrestrial Bureau of Investigation, regarda autour de lui d'un air embarrassé.

La vaste pièce était plongée dans la pénombre. Seul un projecteur, braqué sur le fauteuil de relaxation, était allumé. Les murs disparaissaient derrière des rayonnages remplis de filmolivres. Des cartes galactiques s'entassaient dans un coin et, dans un autre, la maquette d'un noyau galactique brasillait doucement.

— C'est bien au Dr Wendell Urth que j'ai l'honneur de parler ? s'enquit Davenport sur le ton d'un homme qui n'en croit pas ses yeux.

Il était massif, ses cheveux étaient noirs,
son nez était effilé et proéminent et, sur sa
joue, une cicatrice étoilée, indélébile, indi-
quait l'endroit où il avait été un jour frappé à
bout portant par un gicleur neuronique.

— Lui-même, répondit le Dr Urth d'une
voix grêle. Et je présume que vous êtes l'inspecteur Davenport ?

Le policier tendit sa carte à son interlocuteur.

— Je me suis adressé à l'Université parce
que j'ai besoin de l'avis d'un extraterrologiste.
On m'a conseillé de venir vous voir.

— C'est ce que vous m'avez dit tout à
l'heure au téléphone.

Urth avait répondu avec urbanité. Il avait
les traits bouffis, son nez était une sorte de
bouton de bottine et des verres épais protégeaient ses yeux quelque peu globuleux.

— Je n'abuserai pas de votre temps, Dr
Urth et j'irai droit aux faits. Je suppose que
vous connaissez la Lune…

Urth, qui avait sorti un flacon contenant
un liquide rouge et deux verres poussiéreux
dissimulés derrière une rangée de filmolivres
en désordre, l'interrompit avec brusquerie :

— Je n'ai jamais été sur la Lune, Inspecteur, et je n'ai aucune intention d'y aller. La spationavigation, c'est de la folie ! Je n'y crois pas. Prenez donc un siège, ajouta-t-il en se radoucissant. Nous allons boire quelque chose.

L'inspecteur Davenport s'assit. « Mais vous êtes…

— Oui, je suis extraterrologiste. Les autres planètes m'intéressent mais pourquoi donc voulez-vous que j'aille les visiter ? Point n'est besoin d'être un grand voyageur devant l'Éternel pour être un historien qualifié, sacré nom d'une pipe ! » Il s'assit à son tour et un large sourire s'épanouit sur son visage envahi de graisse. « Bon… Qu'y a-t-il pour votre service ? »

L'inspecteur plissa le front. « Je suis venu vous consulter à propos d'un meurtre.

— Un meurtre ? Ce n'est pas dans mon rayon !

— Le meurtre en question a été commis sur la Lune, Dr Urth.

— Voilà qui est stupéfiant !

— Plus que stupéfiant : c'est sans précédent. Le Dominion lunaire existe depuis cinquante ans. Au cours de ces dix lustres, il y a eu des navires qui ont explosé, des hommes qui sont morts à cause d'un défaut d'étanchéité de scaphandre, des hommes qui sont morts grillés sur la face solarisée, des hommes qui sont morts gelés sur la face froide, des hommes qui sont morts par asphyxie côté Soleil et côté nuit. Il y a eu des morts consécutives à des chutes, ce qui, compte tenu de la gravité lunaire, laisse quand même rêveur. Mais, jusqu'à présent, jamais un homme n'est mort sur la Lune à la suite d'un acte de violence délibéré d'un de ses semblables.

— Comment cet assassinat a-t-il été exécuté ?

— La victime a été tuée d'un coup de fulgurateur. Les autorités ont pu se rendre sur les lieux dans l'heure qui a suivi le crime grâce à un jeu de circonstances favorables. Un astronef de patrouille a enregistré un éclair sur la surface du satellite. Vous n'ignorez pas que la visibilité est remarquable dans ces conditions sur la face nocturne. Le pilote a signalé la chose à Luna City et s'est immédiatement posé. Il jure que, pendant la manœuvre d'atterrissage, il a pu apercevoir grâce au clair de Terre un vaisseau qui décollait. Après avoir pris contact, il a découvert un cadavre déchiqueté et relevé des empreintes de pas.

— Selon vous, cet éclair correspondait au coup de fulgurateur ?

— Cela ne fait aucun doute. Le corps était encore chaud. Certains organes internes n'avaient pas eu le temps de se congeler. Quant aux empreintes, elles étaient de deux types différents. On a effectué des mesures précises démontrant que les dépressions n'avaient pas le même diamètre et qu'elles avaient, par conséquent, été faites par des bottes de pointures différentes. *Grosso modo*, la piste conduisait aux cratères GC-3 et GC-5, c'est-à-dire deux...

— Je connais le code officiel utilisé pour l'identification des cratères lunaires, dit le Dr Urth avec affabilité.

— Hem... Bref, ces traces de pas ont mené les enquêteurs droit sur une crevasse de la paroi interne de l'entonnoir et l'on a retrouvé des fragments de pierre ponce. L'analyse effectuée aux rayons X et au spectre de diffraction a révélé... »

L'extraterrologiste interrompit l'inspecteur en s'écriant avec animation : « Qu'il s'agissait de chante-cloches ! Vous n'allez pas me dire que cet assassinat a été commis pour des chante-cloches !

— Et si tel était le cas ? demanda Davenport d'une voix égale.

— J'en ai une. Une mission subventionnée par l'Université en a trouvé une et m'en a fait cadeau pour me remercier de… Suivez-moi, inspecteur, il faut que je vous la montre. »

Le Dr Urth sauta sur ses pieds et s'éloigna précipitamment en faisant signe à son visiteur de lui emboîter le pas. Davenport soupira et obtempéra.

La pièce où il pénétra était encore plus grande que la première : elle était également plus sombre et le fouillis y était plus considérable. Le policier ouvrit des yeux stupéfaits en contemplant le fatras hétéroclite qui l'encombrait. Il parvint à identifier un petit bloc de « vitrite bleue » martienne, le genre de choses dans lesquelles certains esprits romantiques voyaient un objet manufacturé, vestige d'un artisanat indigène éteint depuis des millénaires. Il remarqua également la maquette d'un astronef remontant à l'époque des pionniers ainsi qu'un flacon scellé apparemment

vide sur l'étiquette duquel on pouvait déchiffrer tant bien que mal la mention « atmosphère vénusienne ».

— Ma maison est un véritable musée, s'exclama jovialement le Dr Urth. Voilà un des
avantages du célibat. Bien sûr, tout n'est pas
encore parfaitement classé. Un de ces jours,
si j'arrive à avoir une semaine de tranquil-
lité…

Il s'interrompit et tourna la tête dans tous
les sens, l'air quelque peu égaré. Enfin, la
mémoire lui revint. Il repoussa un diagramme
schématisant l'évolution des vertébrés aqua-
tiques qui constituaient la forme de vie la
plus développée de la planète de Barnard et
dit : « Tenez ! La voici. Elle est là. Malheureusement, elle est fêlée. »

La chante-cloche était suspendue à un
mince fil métallique auquel elle avait été
soigneusement soudée. Elle présentait un
étranglement qui donnait l'impression qu'il
s'agissait de deux sphères fermement mais
imparfaitement accolées l'une à l'autre. Mal-
gré ce défaut, elle avait été amoureusement
polie ; sa surface lustrée et grise, grêlée d'alvéoles quasi imperceptibles, avait cette douceur

soyeuse que, dans leurs vains efforts pour fabriquer des chante-cloches artificielles, les laboratoires ne parvenaient jamais à imiter parfaitement.

— Il m'a fallu longtemps pour trouver un percuteur correct, dit le Dr Urth. Une chante-cloche fêlée est capricieuse. Mais l'os est efficace. J'en ai un ici.

Il brandit quelque chose qui ressemblait à une sorte de grosse cuiller blanchâtre. « Je l'ai confectionné avec un fémur de bœuf. Écoutez ! »

Avec une surprenante délicatesse, le Dr Urth palpa la chante-cloche de ses doigts boudinés pour déterminer le point d'impact le plus favorable. Il la mit en place et l'immobilisa avec des gestes gracieux. Puis, l'ayant lâchée, il en heurta précautionneusement la surface à l'aide de son fragment d'os.

Un million de harpes lointaines se mirent à bruire, à vibrer. Le son s'enfla, s'affaiblit, s'enfla à nouveau. Il ne venait d'aucune direction particulière, il retentissait à l'intérieur même de la tête de ceux qui l'entendaient, c'était une sonorité incroyablement douce, pathétique et frémissante.

Les dernières notes du carillon moururent. Les deux hommes restèrent silencieux pendant une longue minute.

— Pas mal, n'est-ce pas ? s'exclama le Dr Urth.

D'une chiquenaude, il fit osciller la cloche.

Davenport se trémoussa avec gêne. « Attention ! Ne la cassez pas… »

La fragilité des bonnes chante-cloches était proverbiale.

— D'après les géologues, les chante-cloches ne sont rien de plus que de la pierre ponce durcie par un phénomène de pression et recelant des alvéoles vides où de petits grains de roche crépitent librement. Enfin, c'est ce qu'ils disent ! Mais s'ils ont raison, comment se fait-il que nous soyons incapables de fabriquer des chante-cloches artificielles ? Notez que, à côté d'une cloche sans défaut, celle-ci serait à peu près aussi harmonieuse qu'un mirliton d'enfant.

— Je sais. Et il n'y a pas dix personnes sur Terre qui peuvent se vanter de posséder une chante-cloche sans défaut. Des centaines de gens et d'institutions seraient prêts à en acheter une à n'importe quel prix sans poser de questions. Un stock de chante-cloches aurait de quoi justifier un assassinat.

L'extraterrologiste se tourna vers Davenport et, d'un geste de son index grassouillet, remit en place ses lunettes sur son nez inexistant. « Je n'ai pas oublié le but de votre visite. Continuez, je vous prie.

— Pour conclure, une phrase suffit : je connais l'identité du criminel. »

Ils regagnèrent la bibliothèque et se rassirent. Le Dr Urth croisa ses mains sur son majestueux abdomen.

— Vraiment ? Eh bien, dans ce cas, l'énigme est sûrement résolue. Inspecteur.

— Connaître le coupable et pouvoir prouver que c'est bien lui l'assassin sont deux choses différentes, Dr Urth. Malheureusement, l'homme en question n'a pas d'alibi.

— Vous voulez dire qu'il en a malheureusement un, n'est-ce pas ?

— Pas du tout. Je pèse mes mots. S'il avait un alibi, j'arriverais à le démolir car il serait fabriqué de toutes pièces. S'il y avait des témoins affirmant l'avoir vu sur la Terre à l'heure où le meurtre a été commis, on pourrait démontrer qu'ils mentent. S'il possédait un document quelconque qui le blanchirait, il serait possible d'en faire éclater la fausseté. Malheureusement, il n'existe rien de tout cela.

— Expliquez-vous mieux.

L'inspecteur Davenport décrivit minutieusement à son interlocuteur la propriété de Peyton dans le Colorado. « Tous les ans, il s'y retire pendant le mois d'août pour y vivre dans l'isolement le plus complet, acheva-t-il. Le T.B.I. lui-même en témoignerait devant la justice. Si nous sommes dans l'incapacité d'affirmer, preuves en main, qu'il était sur la Lune le mois dernier, n'importe quel jury tiendra pour acquis qu'il n'a pas quitté son domaine.

— Qu'est-ce qui vous fait croire qu'il était sur la Lune ? Peut-être est-il innocent ?

— Non ! » rétorqua Davenport.

Son ton était presque violent. « Il y a quinze ans que j'essaie de le coincer et je n'y suis jamais arrivé. Mais, à présent, quand un crime est signé Peyton, je le sens. Croyez-moi : personne d'autre que lui n'aurait eu l'audace, sans même parler des contacts indispensables pour ce faire, de tenter d'écouler un lot de chante-cloches de contrebande. Peyton est un pilote spatial de grande classe, c'est un fait notoire. On sait qu'il a été en rapport avec la victime, encore qu'il n'ait pas été en relation directe avec elle depuis plusieurs mois. Hélas, ce ne sont là que des affirmations qu'aucune preuve ne vient étayer.

— Pourquoi ne pas le soumettre à la psychosonde puisque son emploi est maintenant légal ? Ce serait le plus simple. »

Un rictus déforma les traits de Davenport et sa cicatrice prit une teinte livide.

— Avez-vous lu le texte de la loi Konski-Hiakawa, Dr Urth ?

— Non.

— Je suppose que vous n'êtes pas le seul dans ce cas. Le droit au secret mental est imprescriptible, dit le gouvernement. Parfait ! Mais où cela mène-t-il ? Le suspect dont la psychosonde établit l'innocence est autorisé à réclamer et à recevoir tous les dommages et intérêts que la justice trouve bon de lui accorder. Récemment, un comptable, employé dans une banque, s'est vu attribuer vingt-cinq mille dollars sous prétexte qu'il avait été psychosondé et reconnu non coupable du vol qu'on lui imputait. En fait, les indices qui avaient éveillé les soupçons n'avaient apparemment rien à voir avec une indélicatesse : il s'agissait d'une vague histoire d'adultère. Il s'est pourvu en justice, soutenant qu'il avait perdu son travail, qu'il ne vivait plus depuis que le mari trompé l'avait menacé et, pour finir, que la révélation faite par la presse des résultats du psychosondage l'avaient couvert de ridicule. La cour s'est rendue à ces raisons.

— J'avoue que je comprends les sentiments qu'éprouvait ce monsieur.

— Nous les comprenons tous. Et c'est bien là l'ennui. Encore un détail dont il est bon de se souvenir : une personne qui a été psychosondée une fois pour un motif quelconque, ne peut plus jamais l'être à nouveau en aucune circonstance. La loi est sans équivoque : nul ne saurait être mentalement torturé à deux reprises au cours de son existence.

— Voilà qui est gênant.

— À qui le dites-vous ! Depuis deux ans que le psychosondage est officiellement autorisé, vous ne pouvez pas savoir combien de filous et de truands se sont efforcés de se

faire lessiver le cerveau sous prétexte de vol à
la tire, afin de pouvoir ensuite monter des
coups sérieux en toute quiétude. Non… Le
Département n'autorisera jamais que Peyton
passe à la psychosonde tant que nous n'aurons
pas la preuve irréfutable de sa culpabilité.
Peut-être pas une preuve au sens juridique
du terme mais, au moins, un indice suffisant
pour emporter la conviction. Le pire, Dr Urth,
c'est que si nous sommes dans l'incapacité
de présenter au tribunal un procès-verbal de
psychosondage, nous perdrons inévitablement
le procès. Dans une affaire aussi grave qu'un
meurtre, le plus obtus des jurés conclura,
faute de psychosondage, que l'accusation n'est
pas sûre de son fait.

— Qu'attendez-vous au juste de moi ?

— Que vous m'apportiez la preuve que
Peyton s'est rendu sur la Lune au cours du
mois d'août. Et il faut que vous fassiez vite. Je
ne peux pas le garder à vue éternellement.
Si la nouvelle de cet assassinat s'ébruite, la
presse mondiale prendra feu et flamme
comme un astéroïde pénétrant dans l'atmosphère de Jupiter. Ce sera un titre sensation-
nel : le premier meurtre lunaire !

— Quand le crime a-t-il été commis exactement ? demanda Urth sans transition.

— Le 27 août.

— Et quand avez-vous arrêté votre suspect ?

— Le 30. Hier.

— Donc, si Peyton est effectivement votre coupable, il a eu le temps de regagner la Terre.

— Tout juste.

Les lèvres de Davenport se crispèrent. « Si j'étais arrivé chez lui un jour plus tôt... si j'avais trouvé la maison vide...

— Et combien de temps, à votre avis, les deux hommes — le meurtrier et sa victime — sont-ils restés ensemble sur la Lune ?

— À en juger par la densité des empreintes qu'ils ont laissées, plusieurs jours. Au minimum une semaine.

— Leur navire a-t-il été localisé ?

— Non. Et il ne le sera probablement jamais. Il y a une dizaine d'heures, l'Université de Denver a signalé une augmentation du taux de la radioactivité ambiante. Le phénomène a commencé avant-hier à dix-huit heures et s'est prolongé pendant plusieurs heures. Il n'est pas difficile de régler les contrôles d'un astronef pour le faire exploser à cent cinquante kilomètres dans l'atmosphère par suite d'un court-circuit des micropiles.

— À la place de Peyton, murmura le Dr Urth d'un air songeur, j'aurais liquidé mon bonhomme à bord et j'aurais fait sauter en même temps l'astronef et le cadavre.

— Vous ne le connaissez pas, rétorqua l'inspecteur d'un ton farouche. Les victoires qu'il remporte dans le duel qui l'oppose à la loi lui font boire du petit-lait. Il les savoure et les déguste. S'il a laissé le corps du mort sur la Lune, c'était manière de nous jeter un défi. »

Le Dr Urth se massa la bedaine. « Je vois… Il y a peut-être une chance.

— De pouvoir prouver qu'il s'est rendu sur la Lune ?

— De pouvoir vous donner un avis.

— Tout de suite ?

— Le plus tôt sera le mieux. Mais, pour cela, il faudrait que j'aie un entretien avec Mr Peyton.

— Rien de plus facile. J'ai un jet non-gravité qui m'attend. Nous pouvons être à Washington dans vingt minutes. »

Une ombre d'inquiétude passa sur le visage joufflu de l'extraterrologiste qui se leva et, manifestant tous les signes d'une profonde angoisse, s'éloigna en se dandinant pour se réfugier dans le coin le plus sombre de la bibliothèque.

— NON ! s'écria-t-il.

— Qu'avez-vous, Dr Urth ?

— Je ne monterai jamais dans un jet non-gravité. Je n'ai pas confiance.

Davenport le dévisagea avec ébahissement et bégaya : « Vous préférez le monorail ?

— Je n'ai confiance en aucun moyen de transport, répliqua le Dr Urth avec véhémence. Aucun n'est sûr. Il n'y a que la marche. Cela, ça m'est égal. Écoutez, Inspecteur… Pouvez-vous faire venir Mr Peyton ici ? Pas bien loin. À l'hôtel de ville, par exemple ? Il m'est souvent arrivé d'aller jusque-là, à pied. »

Davenport balaya la pièce du regard avec désespoir. Il contempla les milliers et les milliers de volumes alignés, volumes parlant de choses qui se trouvaient à des années-lumière de la Terre. Par la porte ouverte, il voyait dans la pièce voisine une multitude d'objets provenant des mondes d'outre-ciel. Et il voyait aussi le Dr Urth qui pâlissait à l'idée de voyager à bord d'un jet non-gravifique !

Il haussa les épaules.

— J'amènerai Peyton chez vous. Cela vous convient-il ?

L'extraterrologiste poussa un soupir de soulagement. « Parfaitement.

— J'espère que vous réussirez, Dr Urth.

— Je ferai de mon mieux, Mr Davenport. »

Peyton examina la pièce d'un air dégoûté et décocha un regard empreint de mépris au bonhomme adipeux qui le saluait d'une inclination de tête. Avant de s'asseoir, il épousseta d'un revers de main le fauteuil que son hôte lui désignait. Davenport s'assit à côté de lui, le fulgurateur bien en vue.

Boule de Suif s'assit à son tour, le sourire aux lèvres, et se tapota la panse comme s'il venait de s'offrir un repas fin et souhaitait que le monde entier le sache.

— Bonsoir, Mr Peyton, dit-il. Je suis le Dr Wendell Urth, extraterrologiste de mon état.

Peyton le toisa.

— Que voulez-vous de moi ?

— Je veux savoir si vous vous êtes rendu sur la Lune au cours du mois d'août.

— Non.

— Pourtant, personne ne vous a vu sur Terre entre le 1er et le 31 août.

— Cela n'a rien que de très normal. Personne ne me voit jamais pendant le mois d'août. Vous n'avez qu'à lui demander, acheva-t-il en désignant Davenport d'un coup de menton.

Le Dr Urth pouffa. « Ce serait merveilleux si l'on pouvait imaginer des tests. S'il y avait un moyen permettant d'identifier l'origine de la matière, de savoir si un échantillon donné provient de la Lune ou de la Terre. Ah ! Si l'on pouvait analyser la poussière qu'il y a dans vos cheveux et dire : Ah, ah ! C'est de la roche lunaire ! Hélas, c'est impossible. La roche lunaire est pratiquement semblable à la roche terrestre. Et même s'il y avait une différence sensible, on ne trouverait pas de poussière dans vos cheveux, sauf si vous vous étiez promené sur la Lune sans vidoscaphe, ce qui ne serait guère plausible. »

Peyton écoutait, impassible.

Le Dr Urth poursuivit avec un sourire

aimable, levant la main pour rétablir l'équilibre précaire de ses lunettes perchées sur le bouton qui lui servait de nez : « Le voyageur qui se balade dans l'espace ou sur la Lune respire l'air de la Terre, mange de la nourriture de la Terre. Qu'il soit dans son navire ou qu'il revête une combinaison, il transporte avec lui l'atmosphère de la Terre. Nous recherchons un homme qui a passé deux jours dans l'espace, qui est resté une semaine sur la Lune et qui a encore passé deux jours dans le vide pour regagner la Terre. Et, pendant tout ce temps-là, il baignait dans un environnement intégralement terrestre. Cela complique l'enquête.

— Pour vous simplifier la vie, je vous suggère de me remettre en liberté et de découvrir le véritable assassin.

— Nous en arriverons peut-être là, répondit le Dr Urth. Avez-vous déjà vu quelque chose qui ressemble à ceci ? » Sa main grassouillette tâtonna sur le sol et réapparut avec une sphère grise aux reflets estompés.

Peyton sourit. « On dirait une chante-cloche.

— C'est une chante-cloche. C'est pour des chante-cloches qu'un homme a été tué. Que pensez-vous de celle-ci ?

— Ce que j'en pense ? Qu'elle a un défaut.

— Examinez-la donc de près. » Et, en disant ces mots, le Dr Urth lança d'un geste prompt la chante-cloche à Peyton.

Davenport poussa un cri et se souleva de son fauteuil. Peyton leva les bras et réussit à attraper l'objet au vol.

— Vous êtes fou ! s'écria-t-il. On ne jette pas une chante-cloche de cette façon !

— Vous les respectez, dirait-on ?

— Oui. Je les respecte trop pour en briser une. En tout cas, ce n'est pas un crime.

Il tapota légèrement la chante-cloche, l'approcha de son oreille et la secoua, attentif à l'infime crépitement des lunolithes, ces minuscules particules de pierre ponce qui s'entrechoquaient dans les vides alvéolaires. Puis, la tenant par le fil métallique auquel elle était toujours suspendue, il la gratta légèrement de l'ongle du pouce dans un geste ondulant — un geste d'expert.

La chante-cloche chanta. Une note voilée et flûtée, se prolongeant en un vibrato qui allait s'affadissant, évoquant un crépuscule d'été.

Pendant quelques instants les trois hommes restèrent immobiles et silencieux, fascinés par la mélodieuse sonorité.

Enfin, le Dr Urth reprit la parole : « Relancez-la-moi, Mr Peyton », ordonna-t-il en tendant une main péremptoire.

Peyton obéit machinalement. Mais la chante-cloche n'alla pas jusqu'au bout de sa course. Sa trajectoire s'infléchit et elle se fracassa par terre dans un soupir discordant propre à vous briser le cœur.

Davenport et Peyton en contemplèrent les fragments épars, aussi muets l'un que l'autre. La voix calme du Dr Urth retentit à nouveau, et c'était à peine s'ils l'entendirent :

— Quand on aura découvert l'endroit où le criminel a caché son butin, je demanderai à recevoir une chante-cloche bien polie et sans défaut pour remplacer celle-ci en guise d'honoraires.

— Des honoraires ? s'exclama Davenport avec irritation. En quel honneur ?

— Voyons, cela saute aux yeux ! En dépit de mon petit discours de tout à l'heure, il existe un élément de l'environnement terrestre qu'aucun voyageur de l'espace ne peut emporter dans ses bagages : la pesanteur. Le fait que Mr Peyton ait commis une aussi grossière erreur d'évaluation sur le poids d'un objet qu'il considérait manifestement comme infiniment précieux ne peut s'interpréter que d'une seule manière : ses muscles ne se sont pas encore réadaptés à l'intensité de la pesanteur régnant à la surface de la Terre. Mes conclusions, Mr Davenport, et c'est en professionnel que je vous parle, sont que votre prisonnier n'était pas sur la Terre ces jours derniers. Il était ou bien dans l'espace ou bien sur un objet planétaire d'une taille de beaucoup inférieure à celle de la Terre. La Lune, par exemple.

Davenport bondit sur ses pieds, l'air triomphant. « Mettez-moi ça noir sur blanc, dit-il, la main sur la crosse de son fulgurateur. Ce sera suffisant pour que je sois autorisé à faire passer le suspect à la psychosonde. »

Louis Peyton, abasourdi et apathique, se rendait seulement compte d'une manière assez vague que s'il devait laisser un testament, celui-ci ferait maintenant état de l'échec final de sa carrière.

Post-scriptum

Mes récits me valent généralement des lettres de lecteurs, des lettres fort agréables, la plupart du temps, même lorsqu'elles mettent en évidence un détail embarrassant. C'est ainsi que, après la publication de la nouvelle ci-dessus, j'ai reçu une lettre d'un jeune homme me disant que le raisonnement du Dr Urth l'avait conduit à faire des vérifications afin de savoir si une différence de poids influait véritablement sur la manière dont on lance quelque chose. Au bout du compte, cette expérience lui donna matière à une thèse scientifique.

Ayant préparé un certain nombre d'objets, identiques par la taille et par l'aspect extérieur mais d'un poids différent, il les fit lancer par des sujets ignorant lesquels étaient lourds et lesquels étaient légers. Il constata que chaque jet avait approximativement le même degré de précision.

La chose me tracassa quelque peu mais j'ai fini par considérer que la découverte de mon correspondant n'était pas valide au sens strict du terme. Le simple fait de saisir un objet que l'on se prépare à lancer vous fait — de façon tout à fait inconsciente — estimer son poids et on ajuste l'effort musculaire en conséquence pour autant que l'on est accoutumé à l'intensité du champ gravifique sous lequel on opère.

Au cours de leurs vols, les astronautes ont généralement été attachés et n'ont pas eu l'expérience de l'apesanteur, sauf au cours de courtes « promenades dans l'espace ». Il semble que ces incursions aient été particulièrement épuisantes et que l'on puisse en conclure qu'une modification de la gravité exige une accoutumance considérable. Après l'avoir subie, une période de réacclimatation tout aussi considérable s'avère nécessaire une fois le retour aux conditions gravifiques prévalant sur Terre.

Ainsi — dans l'état actuel de nos connaissances tout au moins —, je me solidarise avec le Dr Urth.

Mortelle est la nuit

Ante-scriptum

Quelques années avant que ne fût publié le récit que l'on va lire, nous nous étions réunis, deux collègues et moi, pour rédiger un gros manuel de biochimie fort compliqué à l'usage des étudiants en médecine. Nous passâmes des jours entiers — littéralement — à corriger les épreuves et il nous arrivait fréquemment de relever des contradictions mineures : tantôt un produit s'écrivait avec telle orthographe et tantôt avec une autre, tantôt tel mot composé prenant un trait d'union et tantôt il n'en prenait pas, tantôt une expression était formulée d'une certaine manière et tantôt elle l'était d'une autre.

Nous désespérions de parvenir à une concordance exacte quand l'un d'entre nous finit un jour par s'exclamer : « Comme disait Emerson, une logique sotte est le feu follet des petits esprits. »

Nous sautâmes là-dessus avec enthousiasme et,

dès lors, chaque fois que les correcteurs attiraient notre attention sur des contradictions mineures, nous griffonnions en marge de la copie : « Emerson ! » et on laissait passer.

Or, l'histoire qui suit tourne autour de la découverte possible du transfert de masse et, en préparant ce recueil, j'ai remarqué que dans Chante-cloche, *nouvelle plus ancienne traitant du même thème, il est admis en postulat que le transfert de masse existe d'ores et déjà.*

Je me préparai à modifier quelque peu mon texte pour éliminer cet illogisme quand je me suis souvenu d'Emerson. Aussi, aimable lecteur, si tu n'y vois pas d'inconvénient, je te dis : « Emerson ! » et je passe outre.

C'était une réunion de promotion et, encore qu'elle ne fût pas placée sous le signe de la jovialité, il n'y avait aucune raison de penser qu'elle dût être gâchée par un drame.

Edward Talliaferro, qui arrivait de la Lune et dont la pesanteur plombait encore les jambes, retrouva les autres dans la chambre de Stanley Kaunas qui se leva pour l'accueillir. Battersley Ryger, quant à lui, resta assis et se contenta de le saluer d'un signe de tête.

Talliaferro, gêné par une gravité à laquelle il n'était pas accoutumé, se posa précautionneusement sur le divan en grimaçant un peu, sa lèvre charnue se tortillant à l'intérieur du cercle de poils qui enrobait son menton et ses joues.

Tous trois s'étaient déjà rencontrés au cours de la journée mais plus protocolairement. Ils ne s'étaient pas encore retrouvés en petit comité.

— C'est un grand jour, en quelque sorte, dit Talliaferro. La première fois que nous nous sommes réunis depuis dix ans. Depuis notre diplôme, en fait.

Le nez de Ryger se plissa. Ce nez, il se l'était fait casser peu de temps avant l'obtention de ce fameux diplôme et il avait un pansement autour de la tête quand on lui avait remis le parchemin.

— Quelqu'un a-t-il commandé du champagne ? grommela-t-il. Du champagne ou quelque chose ?

— Allons ! s'exclama Talliaferro. C'est la première grande convention astronomique et interplanétaire de l'histoire ! Le moment est mal choisi pour bouder. Surtout qu'on est entre amis.

— C'est la Terre, rétorqua Kaunas. Il y a quelque chose qui ne colle pas. Je ne peux pas m'y habituer.

Il secoua la tête mais conserva son air sombre.

— Je sais, soupira Talliaferro. Ce que je

suis lourd ! Ça me pompe toute mon énergie. Tu as plus de chance que moi, Kaunas.
La gravité sur Mercure est de 0,4 par rapport
à la normale. Sur la Lune, elle n'est que de
0,16.

Il coupa la parole à Ryger qui commençait
à ronchonner pour ajouter :

— Et sur Cérès, on dispose de champs
de pseudogravité réglés à 0,8. Tu n'as pas de
problèmes, Ryger.

L'astronome cérien fit la moue. « Moi, c'est
de me promener à l'air libre… Sortir sans
scaphandre, c'est épouvantable !

— Tu as raison, l'approuva Kaunas. Et bai-
gner dans la lumière du Soleil, c'est terrible. »

Insensiblement, Talliaferro se laissait emporter vers le passé. Les autres n'avaient guère
changé. Et lui non plus. Sauf qu'ils avaient
tous dix ans de plus, naturellement. Ryger
s'était empâté, le visage étiré de Kaunas s'était
quelque peu parcheminé mais il les aurait
reconnus tous les deux n'importe où en les
rencontrant par hasard.

— Je ne crois pas que ce soit la Terre qui
nous abat ainsi, dit-il. Il faut regarder les
choses en face.

Kaunas lui jeta un coup d'œil acéré. C'était un garçon de petite taille dont les mains s'agitaient nerveusement et dont les vêtements paraissaient toujours avoir une pointure de trop.

— Oui, je sais, fit-il. C'est Villiers. Il m'arrive parfois de penser à lui.

Et il conclut avec une sorte de désespoir : « Il m'a écrit. »

Ryger se redressa. Son teint olivâtre s'assombrit encore et il s'écria avec véhémence : « Sans blague ? Quand ? »

— Il y a un mois. »

Il se tourna vers Talliaferro. « Et toi ? »

Talliaferro cligna des yeux et hocha placidement la tête.

— Il est devenu fou, enchaîna Ryger. Il prétend avoir découvert une méthode pratique pour réaliser le transfert massique à travers l'espace. Il vous en a parlé à tous les deux, n'est-ce pas ? Oui… Il avait toujours été un peu tordu. Maintenant, il a perdu les pédales.

Il se frotta vigoureusement le nez et Talliaferro se rappela le jour où Villiers lui avait brisé cet appendice.

Depuis dix ans, Villiers les hantait tous les trois comme le spectre indécis d'une culpabilité qui n'était pas vraiment la leur. Ils avaient fait leurs études ensemble : c'étaient quatre hommes triés sur le volet, quatre idéalistes que l'on avait préparés à une profession qui s'était élevée à de nouveaux sommets en cet âge placé sous le signe de la navigation interplanétaire. On édifiait sur d'autres mondes des observatoires qu'entourait le vide, sans atmosphère qui pût brouiller les images que recevaient les télescopes.

Il y avait l'observatoire lunaire d'où l'on étudiait la Terre et les planètes intérieures, monde de silence dans le ciel duquel flottait la planète natale.

L'observatoire de Mercure, le plus proche de l'astre central, était installé au pôle Nord, là où la ligne terminatrice était d'une stabilité presque totale, où le soleil demeurait fixe sur l'horizon et pouvait être étudié jusque dans ses plus infimes détails.

L'observatoire de Cérès était le plus récent et le plus moderne. Son rayon d'action s'étendait de Jupiter jusqu'aux galaxies extérieures.

Il y avait évidemment les inconvénients. La spationavigation était encore malaisée et les congés étaient rares : la vie que l'on menait là-haut n'avait pas grand-chose à voir avec l'existence normale. Mais ils appartenaient à une génération qui avait de la chance. Les savants qui viendraient ensuite n'auraient plus qu'à moissonner des champs de connaissance déjà ensemencés et, tant que l'on n'aurait pas mis au point le propulseur interstellaire, aucune frontière d'une immensité comparable ne serait ouverte à l'humanité.

Les quatre heureux élus, Talliaferro, Ryger, Kaunas et Villiers, devaient se trouver dans la situation d'un Galilée qui, du fait qu'il possédait le premier télescope, ne pouvait braquer celui-ci au hasard dans le ciel sans faire une découverte importante.

Et puis Romano Villiers était tombé malade. On avait diagnostiqué qu'il souffrait de rhumatismes articulaires. Était-ce à cause de cela ? Il avait eu depuis des ennuis avec son cœur qui avait des ratés.

C'était l'élément le plus brillant du quatuor, celui qui promettait le plus, le plus passionné, et il ne put même pas terminer ses études et être sacré docteur.

Pis encore : il était dans l'incapacité de quitter la Terre, l'accélération d'un astronef l'aurait tué.

Talliaferro fut affecté sur la Lune, Ryger sur Cérès et Kaunas sur Mercure. Seul Villiers restait prisonnier de la Terre.

Ils avaient tenté de lui exprimer leur sympathie mais il avait repoussé leurs avances avec une sorte de haine. Il s'était répandu en invectives, il les avait injuriés. Ryger avait perdu son sang-froid et avait levé le poing. Villiers s'était jeté sur lui, le blasphème à la bouche. C'est ainsi que Ryger avait eu le nez cassé.

De toute évidence, il ne l'avait pas oublié car il était en train d'en caresser l'arête d'un doigt maladroit.

Le front de Kaunas n'était plus qu'un écheveau de rides. « Il est délégué à la convention, vous savez. Il a une chambre à l'hôtel. Le 405.

— Je ne tiens pas à le voir, laissa tomber Ryger.

— Il va venir. Il a dit qu'il voulait nous

parler. Il sera là à neuf heures si je ne me trompe, c'est-à-dire d'une minute à l'autre.

— En ce cas, si vous n'y voyez pas d'inconvénient, je vais me retirer.

— Attends encore un peu, fit Talliaferro. Qu'est-ce que cela peut te faire de le voir ?

— La question n'est pas là. Il est fou.

— Et alors ? Ne soyons pas mesquins. Aurais-tu peur de lui ?

— Peur ? cracha Ryger avec mépris.

— Ou alors, tu es inquiet ? Pourquoi cette nervosité ?

— Je ne suis pas nerveux, rétorqua Ryger.

— Oh si, tu l'es ! Écoute… Nous faisons tous les trois un complexe de culpabilité totalement injustifié. Nous ne sommes pour rien dans ce qui est arrivé. » Mais il se tenait sur la défensive et il en avait conscience.

Au même instant, le ronfleur de la porte retentit. Tous les trois sursautèrent et se tournèrent d'un air gêné vers le panneau qui s'interposait comme une barrière entre eux et Villiers.

La porte s'ouvrit et Romano Villiers fit son entrée. Les trois hommes se levèrent tant bien que mal pour l'accueillir et restèrent debout, embarrassés, la main tendue.

Villiers les contempla d'un œil sardonique.

« Lui, il a changé », songea Talliaferro.

Oui, il avait changé. Il s'était rétréci dans tous les sens, eût-on dit. Son dos voûté le rapetissait. La peau de son crâne luisait sous ses cheveux clairsemés, des veines sinueuses et bleuâtres saillaient sur le dos de ses mains. Il avait l'air malade. Le seul trait d'union qui le rattachait encore au passé était le geste qu'il avait pour mettre sa main en visière au-dessus de ses yeux quand un spectacle l'intéressait et sa voix, lorsqu'il parla, avait toujours le même timbre égal, la même sonorité de baryton.

— Mes bons amis ! fit-il. Mes chers amis coureurs d'espace ! Nous avons perdu le contact.

— Salut, Villiers, dit Talliaferro.

Villiers le dévisagea.

— Tu vas bien ?

— Pas trop mal.

— Et vous deux ?

Kaunas parvint à sourire faiblement et bredouilla quelque chose d'indistinct.

— On va très bien, Villiers, aboya Ryger. Où veux-tu en venir ?

— Toujours soupe au lait, ce Ryger ! Comment se porte Cérès ?

— Elle était en pleine forme quand je l'ai quittée. Comment se porte la Terre ?

— Tu peux t'en rendre compte de visu.

Mais il y avait une soudaine tension dans la voix de Villiers. Il poursuivit : « J'espère que si vous êtes venus tous les trois à la convention, c'est pour entendre la communication que je dois faire après-demain.

— Quelle communication ? s'enquit Talliaferro.

— Je vous ai écrit à ce sujet. Ma méthode de transfert de masse. »

Un rictus retroussa les lèvres de Ryger.

— Oui, en effet, tu nous as écrit. Mais ta lettre ne mentionnait pas cette communication et, si ma mémoire est bonne, tu n'es pas inscrit sur la liste des orateurs.

— C'est exact. Je ne suis pas inscrit et je n'ai pas non plus rédigé un résumé destiné à la publication.

Villiers était devenu écarlate. « Ne t'énerve pas, dit Talliaferro sur un ton conciliant. Tu n'as pas l'air dans ton assiette. »

Villiers pivota sur ses talons et lui fit face,

les traits convulsés : « Mon cœur tient parfaitement le coup, je te remercie.

— Voyons, Villiers, dit Kaunas, si tu n'es pas parmi les orateurs inscrits et si tu n'as pas rédigé une...

— Écoutez-moi, messieurs... Il y a dix ans que j'attends ce jour ! Vous avez tous un emploi spatial. Moi, je suis obligé de faire des cours sur la Terre. Mais je surclasse n'importe lequel d'entre vous.

— Je n'en disconviens pas..., commença Talliaferro.

— Et je n'ai rien à faire de votre condescendance. Mandel est mon garant. Je suppose que vous avez entendu parler de lui ? Il préside la commission astronautique de la convention et je lui ai fait une démonstration de ma découverte. Je me suis servi d'un appareil rudimentaire qui a sauté après usage. Mais... M'écoutez-vous ?

— Mais oui, nous t'écoutons, répondit sèchement Ryger. Pour ce que cela compte !

— Il est d'accord pour que je fasse une communication sur mon invention. Et drôlement d'accord ! Impromptu ! Sans faire-part ! Ça fera l'effet d'une bombe. Je vois d'ici le pandémonium qui se déchaînera quand je donnerai la formule de la relation fondamentale ! Tous les délégués s'égailleront comme des lapins pour la vérifier dans leurs laboratoires et fabriquer le matériel indispensable. Et ils s'apercevront que ça marche. J'ai fait l'expérience avec une souris. Elle a disparu pour réapparaître à l'autre bout du labo. Mandel a assisté à la démonstration. »

L'œil flamboyant, il dévisagea successivement chacun de ses anciens condisciples. « Vous ne me croyez pas, n'est-ce pas ?

— Si tu ne veux pas de publicité, pourquoi nous mets-tu dans la course ? demanda Ryger.

— C'est un cas particulier. Vous êtes des amis. Mes anciens camarades d'université. Vous êtes allés dans l'espace et vous m'avez laissé le bec dans l'eau.

— Nous n'avons pas choisi », protesta Kaunas d'une voix aigre et haut perchée.

Villiers, sourd à l'objection, poursuivit : « Je tiens à ce que vous soyez au courant. Cela a marché avec une souris et il n'y a pas de raison pour que cela ne marche pas avec un homme. Une créature vivante a été déplacée de trois mètres dans un labo : pourquoi une autre créature vivante ne franchirait-elle pas un million de kilomètres dans l'espace ? J'irai sur la Lune, sur Mercure, sur Cérès, où je voudrai... n'importe où ! Je vous égalerai tous. Qu'est-ce que je raconte ? Je vous dépasserai ! J'ai fait plus pour le progrès de l'astronomie avec ma chaire de professeur et mes cellules grises que vous trois avec vos observatoires, vos télescopes, vos caméras et vos astronefs.

— Eh bien, tu m'en vois enchanté, dit Talliaferro. Peux-tu me donner une copie de ta communication ?

— Oh non ! » Les poings de Villiers se crispèrent devant sa poitrine comme pour tirer un fantôme de drap protecteur. « Tu feras comme les autres : tu attendras. Il n'en existe qu'un seul exemplaire et personne ne le lira avant que je ne sois prêt. Pas même Mandel.

— Un seul ! s'exclama Talliaferro. Si tu l'égares...

— Je ne l'égarerai pas. N'importe comment, j'ai tout dans ma tête.

— Si tu... » Un peu plus, Talliaferro allait dire : Si tu meurs, mais il s'arrêta à temps et enchaîna après un imperceptible temps d'arrêt... « Si tu as, peu que ce soit de bon sens, tu devrais le spectrocopier.

— Non, répondit brutalement Villiers. Vous entendrez ma communication après-demain et vous verrez que, d'un seul coup, l'horizon humain s'est élargi comme il ne l'a encore jamais fait. »

Son regard intense scruta chacun de ses anciens condisciples.

— Dix ans ! murmura-t-il. Au revoir.

— Il est fou ! explosa Ryger en regardant la porte comme si Villiers y était encore adossé.

— Tu crois ? dit Talliaferro d'une voix rêveuse. Oui, en un sens, il doit l'être. Il nous déteste pour des raisons irrationnelles. Et ne pas avoir pris la précaution de spectrocopier son texte...

Talliaferro, en disant cela, tripotait son petit spectro-enregistreur de poche. C'était un banal cylindre de couleur neutre, un peu plus gros et un peu plus court qu'un crayon. Au cours des dernières années, cet objet était devenu le symbole du savant presque au même titre que le stéthoscope du médecin ou le micro-ordinateur du statisticien. On le glissait dans sa poche, on l'accrochait à sa manche, on le posait derrière l'oreille ou on le balançait au bout d'un cordon. Parfois, quand il était d'humeur philosophique, Talliaferro se demandait comment faisaient les chercheurs à l'époque où ils étaient contraints de prendre laborieusement des notes ou de classer des reproductions plein format. Que cela devait être incommode ! À présent, on se contentait d'explorer à l'aide de cet instrument n'importe quel document imprimé ou manuscrit pour en obtenir un micronégatif qu'il ne restait plus qu'à développer à loisir. Talliaferro avait déjà enregistré ainsi toutes les synthèses des communications inscrites au programme du congrès. Il ne doutait pas un seul instant que Kaunas et Ryger en avaient fait autant.

— Les choses étant ce qu'elles sont, se refuser à faire une spectrocopie, c'est de la démence ! laissa-t-il tomber.

— Mais, par l'espace, sa communication n'existe pas ! s'exclama Ryger avec véhémence. Il n'a rien découvert. Il est prêt à tous les mensonges pour nous impressionner.

— En ce cas, que fera-t-il après-demain ?
demanda Kaunas.

— Que veux-tu que j'en sache ? Il est fou,
je te répète !

Talliaferro jouait toujours avec son spectrocopieur tout en se demandant distraitement
s'il ne devrait pas se mettre à développer les
microfilms que recelait le chargeur. Il prit la
décision de remettre la décision à plus tard.

— Il ne faut pas sous-estimer Villiers, dit-il.
C'est une intelligence.

— Il y a dix ans, je ne dis pas le contraire,
répliqua Ryger. Mais, aujourd'hui, c'est un
cinglé. Si vous voulez mon avis, oublions-le !

Enflant la voix comme pour exorciser Villiers et tout ce qui concernait celui-ci par la
seule violence du verbe, il se mit à parler de
Cérès et de son travail qui consistait à explorer la Voie Lactée à l'aide des tout derniers
radioscopes à ultrarésolution capables d'iso-
ler les étoiles individuelles. Kaunas l'écoutait
en hochant la tête, l'interrompant pour apporter certains renseignements relatifs aux
radio-émissions des taches solaires, thème de
l'article qu'il se proposait de donner à la
presse, et à sa théorie sur le rapport existant

entre les tempêtes de protons et les gigan-
tesques geysers d'hydrogène que vomissait la
couronne solaire.

Talliaferro ne se montrait guère bavard.
Par comparaison, le travail qu'il effectuait sur
la Lune était bien terne : les toutes dernières
informations qu'il pouvait donner sur les
prévisions météorologiques à long terme ob-
tenues par observation des jetstreams de l'atmosphère terrestre ne faisaient pas le poids
en face des radioscopes et des tempêtes de
protons. Et, surtout, il ne parvenait pas à chas-
ser Villiers de son esprit. Villiers, c'était un
cerveau. Ils en étaient tous conscients. Ryger
lui-même, en dépit de ses fanfaronnades, était
sûrement persuadé que si le transfert massique était possible, il était logique que Villiers
l'eût découvert.

Au terme de cet échange de vues, tous
trois furent contraints d'admettre à contre-
cœur que leur apport respectif était assez
insignifiant. Talliaferro s'en était tenu à la littérature existante et il ne se le cachait pas.
Ses études étaient d'un intérêt secondaire.
Quant à Kaunas et à Ryger, ni l'un ni l'autre
n'avait publié quoi que ce fût de vraiment

important. Il fallait voir les choses en face :
aucun d'eux n'avait bouleversé la spatiologie.
Les rêves grandioses qu'ils avaient caressés
du temps qu'ils étaient étudiants ne s'étaient
pas réalisés — le fait était là. Ils étaient tous
les trois des spécialistes compétents faisant
un travail de routine, rien de plus, et ils le
savaient.

Villiers aurait fait mieux qu'eux. Cela aussi,
ils le savaient. Et c'était parce qu'ils le savaient
et parce qu'ils avaient un complexe de culpabilité qu'il existait entre eux une certaine ani-
mosité.

Talliaferro se disait avec réticence que, en
dépit de tout, Villiers leur était encore supérieur. Les autres pensaient probablement la
même chose et le sentiment que l'on a de sa
propre médiocrité peut devenir intolérable.
Villiers lirait sa communication sur le transfert de masse et, en définitive, il ferait figure
de grand bonhomme, ce à quoi il avait toujours été apparemment destiné, alors que,
bien qu'ils fussent avantagés par rapport à
lui, ses anciens condisciples passeraient sous
la table. Perdus dans la foule, ils applaudi-
raient : à cela se bornerait leur rôle.

Talliaferro avait honte d'éprouver ces sentiments de jalousie et de dépit mais il ne pouvait rien y faire.

La conversation finit petit à petit par se tarir. Soudain, le regard dans le vide, Kaunas proposa :

— Pourquoi n'irions-nous pas rendre visite à l'ami Villiers ?

Il avait parlé avec une jovialité artificielle et une nonchalance affectée qui ne trompaient personne.

« À quoi bon garder de la rancune ? » ajouta-t-il.

« Cette histoire de transfert de masse le tracasse et il veut en avoir le cœur net, songea Talliaferro. Il tient à s'assurer qu'il ne s'agit que des divagations d'un dément. Alors, il pourra dormir sur ses deux oreilles. » Mais Talliaferro était lui-même intrigué et il ne fit pas d'objections. Ryger, à son tour, haussa les épaules et murmura avec mauvaise grâce :

— Pourquoi pas, après tout ?

Il était un peu moins de vingt-trois heures.

Une sonnerie insistante réveilla Talliaferro. Dans l'obscurité, il se dressa sur un coude, se sentant personnellement outragé. D'après la vague lueur qui émanait de l'indicateur du plafond, il n'était pas encore quatre heures du matin.

— Qui est-ce ? cria-t-il.

La sonnerie continua de résonner, saccadée.

Maugréant, Talliaferro enfila sa robe de chambre, ouvrit la porte et, ébloui par la lumière du couloir, battant des paupières, il reconnut l'homme qui se tenait sur le seuil pour l'avoir souvent vu à la télé en relief.

— Hubert Mandel, se présenta ce dernier dans un souffle.

— Très heureux, murmura Talliaferro.

Mandel était l'une des sommités de l'astronomie. Sa réputation éminente lui avait valu un poste important au Bureau Astronomique Mondial et la présidence de la commission astronautique de la convention. Talliaferro se remémora subitement que Villiers avait affirmé que le même Mandel avait assisté à sa démonstration de transfert massique. À la pensée de Villiers, il se rembrunit.

— Vous êtes bien le Dr. Edward Talliaferro ? s'enquit Mandel.

— Parfaitement.

— Bon ! Habillez-vous et suivez-moi. C'est très important. Il s'agit d'une de nos relations communes.

— Le Dr. Villiers ?

Une lueur s'alluma dans le regard de Mandel. Ses sourcils et ses cils étaient si blonds que ses yeux donnaient l'impression d'être nus, imberbes. Il avait les cheveux fins et soyeux et portait la cinquantaine.

— Pourquoi mentionnez-vous son nom ?

— Il a parlé de vous dans la soirée. Villiers est, à ma connaissance, notre seule relation commune.

Mandel hocha la tête. Quand Talliaferro se fut habillé, il fit demi-tour et sortit le premier.

Ryger et Kaunas attendaient dans une chambre de l'étage supérieur. Kaunas avait les yeux congestionnés et troubles, Ryger tirait nerveusement sur sa cigarette.

— Eh bien, s'exclama Talliaferro, nous voilà à nouveau réunis en petit comité.

La remarque tomba à plat. Il s'assit. Ses trois anciens camarades se dévisagèrent. Ryger eut un haussement d'épaules.

Mandel, les mains dans les poches, se mit à faire les cent pas. « Je vous prie de bien vouloir m'excuser de vous avoir dérangés, messieurs, commença-t-il, et je vous remercie de votre coopération. Je compte en abuser. Notre ami Romano Villiers est mort. Le corps a été enlevé il y a une heure. Le verdict des médecins est : décès dû à un arrêt du cœur. »

À ces mots succéda un silence stupéfait. Ryger laissa retomber sa main avant même que sa cigarette eût touché ses lèvres.

— Le malheureux ! s'exclama Talliaferro.

— C'est affreux, murmura Kaunas d'une voix rauque. Il était…

Sa voix le trahit et il n'acheva pas sa phrase.

Ryger se ressaisit le premier. « Il était cardiaque. Il n'y a rien à faire dans ces cas-là.

— Si, corrigea Mandel d'une voix douce. Guérir…

— Que voulez-vous dire ? » fit sèchement Ryger.

Mandel ne répondit pas directement : « Quand l'avez-vous vu pour la dernière fois ? »

Ce fut Talliaferro qui prit la parole :

— Au début de la soirée. Il se trouve que nous avons eu une réunion. La première depuis dix ans. Une rencontre assez déplaisante, en définitive, je regrette d'avoir à le dire. Villiers considérait qu'il avait certaines raisons de nous en vouloir et il s'est montré désagréable.

— À quelle heure, cette réunion ?

— Vers vingt et une heures. Je parle de la première.

— La première ?

— Nous l'avons revu un peu plus tard.

— Il nous avait quittés en colère, précisa Kaunas non sans une certaine gêne. Nous ne pouvions pas en rester là. Il fallait tenter d'arranger les choses. Nous étions des amis de longue date, n'est-ce pas ? Aussi sommes-nous allés chez lui et…

Mandel le coupa net :

— Vous vous êtes rendus tous les trois dans sa chambre ?

— Oui, répondit Kaunas, étonné.

— Quelle heure était-il ?

— Onze heures, me semble-t-il.

Il jeta un coup d'œil interrogateur aux deux autres. Talliaferro confirma d'un hochement du menton.

— Et combien de temps êtes-vous restés chez lui ?

— Deux minutes, s'écria Ryger. Il nous a flanqués à la porte comme si nous étions venus dans l'intention de lui dérober le texte de sa communication.

Il ménagea une pause, s'attendant apparemment que Mandel lui demandât de quelle communication il s'agissait mais comme ce dernier gardait le silence, il enchaîna :

— Je crois bien qu'il le conservait sous son oreiller. En tout cas, quand il nous a ordonné de déguerpir, Villiers était couché en travers de l'oreiller.

— Il est peut-être mort tout de suite après notre départ, murmura Kaunas dans un souffle.

— Pas immédiatement, dit laconiquement Mandel. Vous avez donc probablement laissé tous les trois des empreintes digitales ?

— Probablement, dit Talliaferro.

Le respect automatique qu'il éprouvait pour Mandel commençait de s'effilocher et il éprouvait un sentiment grandissant d'irritation. Mandel ou pas Mandel, il était quatre heures du matin ! « Enfin, où voulez-vous en venir ? demanda-t-il.

— La mort de Villiers, messieurs, a des

implications qui dépassent l'événement brut lui-même. Sa communication, dont, à ma connaissance, il n'existait qu'un seul et unique exemplaire, a été jetée dans le vide-ordures désintégrateur et il n'en subsiste plus que quelques fragments. Je ne l'ai pas vue. Je ne l'ai pas lue mais j'en sais suffisamment pour être prêt à affirmer sur la foi du serment devant un tribunal, si nécessaire, que les débris retrouvés dans le vide-ordures sont bien les vestiges du texte qu'il avait l'intention de porter à la connaissance de la convention. Vous ne paraissez pas convaincu, Dr. Ryger... »

Ryger eut un sourire acide. « Je ne suis nullement convaincu qu'il aurait fait cette communication. Si vous voulez mon avis, cet homme était fou. Il est resté dix ans prisonnier de la Terre et a imaginé cette histoire de transfert massique. C'était pour lui un moyen d'évasion. Sans doute était-ce cela qui lui a permis de continuer à vivre. Il s'est arrangé pour faire une démonstration truquée. Je ne dis pas qu'il se soit agi d'une fraude délibérée. Sans doute était-il sincère dans son délire. Cette idée fixe a atteint son point culminant au cours de la soirée. Il est venu nous voir

— il nous haïssait parce que nous avions, nous, échappé à la Terre — afin de nous écraser sous son triomphe. Il y avait dix ans qu'il rêvait de cette confrontation, ç'avait été sa raison de vivre. Peut-être a-t-il alors subi un choc qui lui a fait en partie recouvrer la raison. Il a réalisé qu'il ne lirait jamais ce rapport parce qu'il n'avait rien à lire. Sur le coup de l'émotion, son cœur n'a pas tenu. C'est lamentable ! »

Mandel avait écouté l'astronome en manifestant tous les signes d'une vive désapprobation. « Vous êtes fort éloquent, Dr. Ryger, mais vous vous trompez du tout au tout, dit-il. Contrairement à ce que vous semblez croire, je ne suis pas homme à me laisser facilement mystifier par une expérience truquée. Cela dit, si j'en crois les renseignements qui sont en ma possession et que, par la force des choses, je n'ai pu vérifier que de façon hâtive, vous avez fait vos études ensemble tous les quatre. C'est bien exact ? »

Les trois hommes acquiescèrent silencieusement.

— Y a-t-il d'autres de vos anciens condisciples parmi les délégués à la convention ?

— Non, répondit Kaunas. Nous étions les seuls de cette promotion à avoir reçu le diplôme de docteur en astronomie. C'est-à-dire que Villiers l'aurait obtenu, lui aussi, s'il…

— Oui, je comprends. Eh bien, en ce cas, l'un d'entre vous a rendu une dernière visite à Villiers sur le coup de minuit.

Il y eut un court moment de silence. Puis Ryger jeta d'une voix âpre : « Ce n'est pas moi. » Kaunas, qui ouvrait de grands yeux, secoua la tête.

— Que sous-entendez-vous ? demanda Talliaferro.

— L'un de vous trois est allé le voir à minuit et a insisté pour lire son rapport. Pour quel motif ? Je n'en sais rien. On peut penser que c'était dans l'intention délibérée de déclencher une crise cardiaque. Villiers s'est écroulé et le criminel, si je puis le qualifier ainsi, a alors spectrocopié le document qui, ajouterai-je, était probablement caché sous l'oreiller. Cela fait, il a détruit l'original en le jetant dans le désintégrateur. Mais il s'est trop pressé et tout n'a pas été entièrement détruit.

Ryger interrompit Mandel : « Comment savez-vous que les choses se sont déroulées de cette façon ? Avez-vous été témoin de ces événements ?

— Presque. Villiers n'était pas tout à fait mort. Après le départ de l'assassin, il a réussi à décrocher le téléphone et m'a appelé. Il est parvenu à prononcer quelques mots étranglés, suffisamment pour que je puisse comprendre *grosso modo* ce qui était arrivé. Hélas, je n'étais pas dans ma chambre car j'avais une réunion qui s'est prolongée tard. Toutefois, lorsque je m'absente, je branche l'enregistreur téléphonique. Une habitude bureaucratique. J'ai auditionné la bande en rentrant et j'ai immédiatement rappelé Villiers. Il était mort.

— Eh bien, qui a fait le coup ? demanda Ryger.

— Il n'a pas prononcé le nom du coupable. Ou, s'il l'a fait, c'était inintelligible. Cependant, quelques mots de son message étaient parfaitement compréhensibles. Les mots : *camarade d'université.* »

Talliaferro sortit son spectrocopieur de sa poche, le tendit à Mandel et dit d'une voix calme :

— Si vous voulez développer le film, qu'à cela ne tienne. Vous ne trouverez pas la communication de Villiers là-dedans.

Kaunas imita l'exemple de Talliaferro et Ryger, l'air hargneux, en fit autant.

Mandel prit les trois appareils et jeta sur un ton sec :

— Je présume que celui d'entre vous qui est le coupable a d'ores et déjà mis en sûreté la partie de la pellicule exposée. Toutefois…

Talliaferro haussa les sourcils.

— Si vous voulez, vous pouvez me fouiller et perquisitionner ma chambre.

— Hé là ! Une minute, gronda Ryger, la mine toujours aussi furibarde. Appartenez-vous à la police ?

Mandel le regarda dans le blanc des yeux : « Désirez-vous vraiment que la police intervienne ? Que le scandale éclate et que l'un de vous trois soit inculpé d'homicide volontaire ? Voulez-vous que notre convention éclate et que, d'un bout à l'autre du Système, la presse fasse ses choux gras de l'astronomie et des astronomes ? Il se peut que la mort de Villiers ait été accidentelle. Il avait le cœur fragile, c'est vrai. Peut-être ne s'agit-il pas d'un assassinat prémédité. Si celui qui détient le négatif le restitue, cela nous épargnera beaucoup d'ennuis.

« — Cela en épargnera-t-il aussi au meurtrier ? » demanda Talliaferro.

Mandel haussa les épaules.

— Il est bien possible qu'il en ait. Je ne lui
promets pas l'immunité. Mais, en tout cas, il
ne sera pas publiquement déshonoré et
échappera à la prison à perpétuité alors qu'il
en irait tout autrement si nous faisions appel
à la police.

Silence…

— Le coupable est l'un de vous trois, fit
Mandel.

Silence…

— Je crois pouvoir deviner le raisonnement
qui a été le sien, poursuivit Mandel. Une fois
les documents détruits, personne, en dehors
de nous quatre, ne serait au courant de la découverte et moi seul ai assisté à une démonstration de transfert de masse. Par-dessus le
marché, en ce qui concerne mon témoignage,
vous n'aviez que sa parole — et c'était peut-
être la parole d'un dément. Villiers mort d'un
arrêt du cœur et le texte de sa communication
détruit, quoi de plus facile que d'adhérer à la
théorie du Dr. Ryger, à savoir que le transfert
massique n'existe pas, n'a jamais existé ? D'ici

un an ou deux, le criminel, ayant en main toutes les données techniques, pourra les rendre
publiques petit à petit, réaliser des expérien-
ces, publier avec circonspection des articles et,
au bout du compte, apparaître comme le véritable inventeur avec tout ce que cela implique
sur le plan financier et en termes de célébrité.
Ses anciens condisciples eux-mêmes ne soup-
çonneront rien. Tout au plus penseront-ils
que l'affaire Villiers, depuis longtemps enter-
rée, aura été sa source d'inspiration, l'aura
conduit à faire des recherches dans cette direction. Et voilà tout…

Le regard aigu de Mandel se posa successivement sur chacun des trois hommes.

— Seulement, maintenant, il n'est plus
question que les choses se déroulent suivant
ce plan. Si l'un d'entre vous déclarait qu'il a
mis au point le transfert de masse, il se dénon-
cerait *ipso facto* comme l'assassin de Villiers.
J'ai assisté à la démonstration. Je sais que
cette invention est une réalité et je sais que
l'un d'entre vous a une spectrocopie des spé-
cifications de l'appareillage en sa possession.
Ce document est donc inutilisable. Je demande à celui qui le détient de le restituer.

Silence...

Mandel se dirigea vers la porte. À mi-chemin, il se retourna :

— Je vous serais reconnaissant de bien vouloir rester ici jusqu'à mon retour. Je pense que je peux me fier aux deux innocents pour empêcher le coupable de fuir... ne serait-ce que par mesure de protection personnelle.

Sur ces mots, Mandel s'en fut.

Il était cinq heures du matin. Ryger jeta un coup d'œil indigné à sa montre. « C'est scandaleux ! Moi, j'ai envie de dormir !

— Nous pouvons piquer un somme, dit philosophiquement Talliaferro. Quelqu'un envisage-t-il de passer aux aveux ? »

Kaunas détourna le regard. Un rictus retroussa la lèvre de Ryger.

— Je suppose que c'est un espoir auquel il faut renoncer.

Talliaferro ferma les yeux, appuya sa tête massive contre le dossier du fauteuil et poursuivit avec lassitude : « Sur la Lune, c'est la morte-saison. La nuit dure deux semaines, c'est le coup de feu. Ensuite, pendant deux autres semaines, le soleil est là et on fait des calculs, des analyses, on tient conférences de travail sur conférences de travail. C'est le moment le plus dur. S'il y avait un peu plus de femmes, si je pouvais me débrouiller pour avoir une liaison permanente… »

Kaunas se plaignit d'une voix sourde : sur Mercure, il était impossible d'observer le Soleil dans sa totalité au-dessus de l'horizon à travers les télescopes. Mais quand l'extension prévue de l'observatoire serait réalisée, cela ferait trois kilomètres de mieux — il faudrait tout déplacer, ce qui représentait une dépense d'énergie motrice invraisemblable ; aussi utiliserait-on directement celle du Soleil pour ce faire, on pourrait améliorer la situation. On l'améliorerait !

Ryger lui-même consentit à parler de Cérès après avoir écouté le dialogue chuchotant de ses compagnons. Le gros problème était celui du cycle de rotation de la planète. Une période de deux heures. Ce qui signifiait que la vitesse angulaire des astres qui passaient dans le ciel était douze fois supérieure à ce qu'elle était sur la Terre. Il fallait tout multiplier par trois, les télescopes, les radioscopes et autres bidules, pour avoir une continuité dans l'observation tellement leur passage était accéléré.

— Pourquoi ne vous êtes-vous pas implantés sur un pôle, s'enquit Kaunas.

— Cette solution serait valable pour Mercure et pour le Soleil, répondit Ryger sur un ton impatient. Même aux pôles, il y a distorsion et on ne peut étudier que cinquante pour cent du ciel. Évidemment, si le Soleil éclairait toujours la même face de Cérès comme il en va sur Mercure, nous aurions en permanence un ciel nocturne sur lequel les étoiles tourneraient lentement avec une période de trois ans.

L'aube se leva progressivement.

Talliaferro dormait à moitié mais il s'accrochait farouchement pour conserver une sorte de demi-conscience. Il ne voulait pas s'endormir alors que les deux autres resteraient éveillés. Et il songeait que tous les trois se demandaient : « Qui est-ce ? Qui est-ce ? »

Sauf le coupable, naturellement.

Talliaferro ouvrit vivement les yeux quand Mandel entra. Le ciel, à présent, était azuréen. Il constata avec satisfaction que la fenêtre était fermée. Naturellement, l'hôtel était climatisé mais les Terriens qui avaient des idées toutes faites sur l'air frais les ouvraient pendant la bonne saison. À cette idée, Talliaferro, conditionné par l'existence lunaire, frissonna, pris d'un véritable malaise.

— L'un d'entre vous a-t-il une déclaration à faire, messieurs ? demanda Mandel.

Tous les trois le regardèrent dans le blanc des yeux. Ryger fit un signe de dénégation.

— J'ai développé les films que contenaient vos spectrocopieurs et les ai examinés.

Il posa les trois instruments et étala les clichés sur le lit. « Il n'y a rien. Je suis navré mais le reste est exposé. Excusez-moi. La question qui se pose est celle du film qui a disparu. »

— À condition qu'il ait effectivement disparu, répliqua Ryger, accompagnant son commentaire d'un prodigieux bâillement.

— Je vous suggère de m'accompagner tous les trois dans la chambre de Villiers.

Kaunas le dévisagea d'un air stupéfait.

— Pour quoi faire ?

— C'est de la psychologie ? demanda Talliaferro. Faire revenir l'assassin sur le lieu du crime pour lui arracher sa confession sous le coup du remords ?

— Mon motif est beaucoup moins mélodramatique. Je souhaite simplement que les deux innocents m'aident à retrouver la pellicule sur laquelle est enregistrée la communication que devait faire Villiers.

— Vous croyez qu'elle est dans sa chambre ? fit Ryger sur un ton de défi.

— C'est une possibilité. Disons un point de départ. En un second temps, nous pourrons perquisitionner dans vos propres chambres. Le symposium sur l'astronautique ne s'ouvrira qu'à dix heures. Cela nous donne un peu de temps.

— Et après ?

— Après... peut-être ferai-je appel à la police.

Mal à l'aise, ils entrèrent dans la chambre de Villiers. Ryger était écarlate, Kaunas était pâle, Talliaferro luttait pour conserver son calme.

Quelques heures auparavant, ils avaient vu la même pièce à la lumière artificielle, ils avaient vu un Villiers échevelé, cramponné, agrippé à son oreiller, hagard, leur ordonner de déguerpir. À présent, le parfum inodore de la mort emplissait la pièce.

Mandel manœuvra le polarisateur de la fenêtre parce qu'il faisait trop sombre et la lumière entra à flots.

Kaunas se cacha les yeux derrière le bras en hurlant : « Le Soleil ! » Les autres se figèrent sur place.

Le masque de Kaunas se convulsa en une grimace de terreur comme s'il s'agissait de l'aveuglant soleil de Mercure.

Talliaferro grinça des dents en songeant à ce que signifierait pour lui d'être exposé à l'air libre.

Tous trois étaient déformés par les dix ans qu'ils avaient passés loin de la Terre.

Kaunas se rua vers la fenêtre, tripota le polarisateur et poussa un énorme gémissement.

Mandel le rejoignit. « Qu'y a-t-il ? » Les deux autres s'approchèrent à leur tour de la fenêtre.

La ville s'étageait sous leurs yeux, s'étirant jusqu'à l'horizon, hérissement déchiqueté de pierres et de briques inondé de soleil dont l'ombre portée était braquée sur eux. D'un coup d'œil furtif et inquiet, Talliaferro embrassa le panorama du regard.

Kaunas, apparemment incapable d'exhaler un son tant sa poitrine était contractée, contemplait autre chose. Une chose beaucoup plus proche. Le rebord de la fenêtre présentait un défaut, une crevasse à l'intérieur de laquelle on distinguait un fragment de pellicule d'un gris laiteux à la lumière du soleil levant.

Mandel poussa un cri étranglé, un cri de fureur, ouvrit brutalement la fenêtre et s'empara du morceau de film, long de deux centimètres, qu'il examina d'un regard fiévreux. Ses yeux étaient rouges et brûlants.

— Attendez-moi ! ordonna-t-il.

Il n'y avait rien à répondre. Quand il eut disparu, les trois hommes s'assirent et s'entre-regardèrent stupidement.

Mandel revint au bout de vingt minutes. Il dit d'une voix calme — mais on avait le sentiment que sa sérénité venait du fait qu'il était désormais au-delà, bien au-delà de la fureur : « La partie du film qui se trouvait à l'intérieur de la fissure n'était pas surexposée. J'ai pu déchiffrer quelques mots. C'est effectivement le texte de la communication de Villiers. Le reste est détruit. Annihilé. Définitivement.

— Qu'allez-vous faire, maintenant ? lui demanda Talliaferro.

Mandel haussa les épaules avec lassitude. « Pour le moment, je ne m'en soucie pas. Le transfert massique est anéanti. Il faudra attendre qu'un esprit aussi brillant que Villiers le découvre à nouveau. Je travaillerai à la question mais je ne m'illusionne pas sur mes propres capacités. À présent, que vous soyez coupables ou innocents, cette affaire n'offre plus aucun intérêt pour vous. » Il était tellement désespéré qu'il paraissait s'être ratatiné.

— Je ne suis pas de votre avis, lança Talliaferro d'une voix sèche. À vos yeux, l'un de nous trois est l'assassin. Moi, par exemple. Vous êtes une sommité scientifique et, désormais, vous ne direz jamais un mot en ma faveur. Aussi, on pensera peut-être que je suis incompétent… ou pire encore. Je ne veux pas que l'ombre d'un soupçon puisse briser ma carrière. Il faut tirer les choses au clair.

— Je ne suis pas un détective, soupira
Mandel.

— Eh bien, pourquoi n'appelez-vous pas
la police, que diable ?

Ryger intervint : « Attends un peu, Tal. Est-
ce que tu insinues que c'est moi le coupable ?

— Je dis seulement que je suis innocent.

— Ce sera la psychosonde pour tous les
trois, s'écria Kaunas d'une voix que la terreur
faisait trembler. Pensez aux dommages men-
taux... »

Mandel leva les bras : « Messieurs ! Messieurs, s'il vous plaît ! En dehors de l'enquête
policière, il existe une autre solution. Le Dr.
Talliaferro a raison : laisser les choses en
l'état serait porter préjudice à l'innocence. »

Ils le dévisagèrent tous avec plus ou moins
d'hostilité.

— Que proposez-vous ? demanda Ryger.

— J'ai un ami du nom de Wendell Urth.
Je ne sais si vous avez entendu parler de lui.
Je pourrais peut-être m'arranger pour le ren-
contrer ce soir.

— Où cela nous mènera-t-il ? fit Talliaferro.

— Urth est un homme très étrange, répondit Mandel avec hésitation. Un homme

très étrange. Et extrêmement brillant dans
sa spécialité. Il a déjà eu l'occasion de rendre
service à la police et peut-être pourra-t-il
nous aider.

Le spectacle de la pièce et de son occupant
suscitait un invincible ébahissement chez Edward Talliaferro. Celle-ci et celui-là donnaient l'impression d'être totalement isolés
de l'univers, d'appartenir à quelque monde
inconnu. Les sons de la Terre étaient arrêtés
par les parois capitonnées de cet asile dépourvu de fenêtre, sa lumière et son atmosphère étaient neutralisées par l'éclairage
artificiel et le conditionnement d'air.

C'était une vaste bibliothèque sombre et
encombrée. Les quatre hommes s'étaient
frayé leur voie tant bien que mal à travers le
fouillis pour s'installer sur un canapé que
l'on avait hâtivement débarrassé des filmolivres qui s'y empilaient et qui, maintenant,
formaient un tas informe repoussé dans un
coin.

Quant à l'homme, il avait une tête lunaire
et grassouillette plantée sur un corps ron-
douillard et trapu. Il se déplaçait allègrement

sur une paire de jambes courtaudes et, tout en parlant, secouait spasmodiquement la tête au risque de faire dégringoler les lunettes aux verres épais en équilibre précaire sur un nez évanescent en bouton de bottine. Ses yeux aux paupières épaisses et quelque peu protubérants brillaient d'un regard myope, encore que jovial, en se posant sur les visiteurs tandis qu'il s'installait au fauteuil-bureau sur lequel était braqué le projecteur constituant l'unique source de lumière.

— Je vous remercie de vous être donné la peine de venir, dit le gros homme. Ayez l'amabilité, je vous prie, d'excuser le désordre.

D'une main aux doigts boudinés, il dessina dans l'air un cercle aléatoire. « Je suis en train de faire l'inventaire de la multitude d'échantillons que j'ai recueillis et qui ont tous une grande valeur extraterrologique. C'est là une tâche monumentale. Par exemple... »

Il s'extirpa de son siège, comme propulsé par un ressort, et plongea dans la masse d'objets hétéroclites qui s'entassaient derrière son bureau et de laquelle il ne tarda pas à extirper une chose d'un gris fumeux, semi-translucide et approximativement cylindrique.

— Cette pièce, qui provient de Callisto, est peut-être une relique héritée d'entités intelligentes et non humaines. Le problème n'a pas encore reçu de solution irréfutable. À ma connaissance, il n'en existe pas plus d'une douzaine et ce spécimen est le plus parfait qui ait jamais été découvert.

Il jeta négligemment l'objet et Talliaferro sursauta.

— C'est incassable, fit l'obèse en le regardant droit dans les yeux.

Il se rassit, croisa ses doigts potelés sur son ventre qui allait et venait lentement au rythme de sa respiration.

— Bon… Et que puis-je faire pour vous, messieurs ?

Hubert Mandel avait fait les présentations et Talliaferro était perdu dans ses pensées. Il était sûr et certain qu'un dénommé Wendell Urth avait récemment publié un ouvrage intitulé *Processus Évolutifs Comparés sur les Planètes à Base d'Eau et d'Oxygène*. Il était impossible que cet individu fût l'auteur de ce livre !

— Dr. Urth, est-ce vous qui avez écrit les *Processus Évolutifs Comparés* ?

Un sourire béat s'épanouit sur les traits du Dr. Urth.

— Vous l'avez lu ?

— Euh… Non. Mais je…

L'expression d'Urth se fit sévère.

— C'est un tort. Il faut que vous le lisiez. Et tout de suite. Tenez… J'en ai justement un exemplaire.

À nouveau, il s'éjecta de son siège.

— Attendez, Urth ! s'écria Mandel. Chaque chose en son temps. Il s'agit d'une affaire grave.

Il obligea virtuellement Urth à se rasseoir et se mit à lui exposer les faits en parlant très vite pour lui interdire toute échappatoire. Sa relation des événements fut un chef-d'œuvre d'économie verbale.

À mesure qu'il parlait, le teint du Dr. Urth virait légèrement au cramoisi. Il remit en place ses lunettes qui étaient en passe de glisser et s'exclama : « Le transfert de masse ! »

— Je l'ai vu de mes propres yeux.

— Et vous ne m'en avez jamais parlé !

— J'avais juré de garder le secret. L'homme en question était… était un peu original. Je vous l'ai expliqué.

Urth frappa son bureau du poing. « Mandel, comment avez-vous pu admettre qu'une pareille découverte demeurât la propriété d'un excentrique ? Vous auriez dû lui essorer la cervelle en utilisant la psychosonde si nécessaire !

— Cela l'aurait tué », protesta l'astronome.

Urth se balançait d'avant en arrière en se prenant la tête à deux mains. « Le transfert de masse ! Le seul moyen de transport décent pour un homme digne de ce nom ! Le seul ! Le seul qui soit concevable ! Ah, si j'avais su… si j'avais été là… Mais votre hôtel est à quarante-cinq kilomètres de chez moi…

— Je crois savoir qu'il existe une aéroligne directe conduisant au siège de la convention, dit Ryger qui paraissait s'ennuyer ferme. Vous auriez pu vous y rendre en dix minutes. »

Urth se raidit et lui décocha un regard inquiétant. Ses joues se gonflèrent, il sauta sur ses pieds et disparut précipitamment.

— Que lui arrive-t-il ? demanda Ryger.

— Nom d'une pipe ! J'aurais dû vous prévenir, murmura Mandel.

— Que voulez-vous dire ?

— Le Dr. Urth se refuse à utiliser aucun mode de locomotion existant. C'est une phobie. Il ne se déplace qu'à pied.

Kaunas battit des paupières.

— Mais n'est-il pas extraterrologiste ? J'avais cru comprendre que c'était un spécialiste des formes de vie originaires des autres planètes...

Talliaferro s'était levé. Il était maintenant planté devant le modèle d'une lentille galactique posée sur un socle et examinait les systèmes stellaires au brasillement incertain. Il n'avait jamais vu lentille aussi volumineuse, aussi élaborée.

— Oui, c'est un extraterrologiste, répondit Mandel, mais il ne s'est jamais rendu sur les planètes étrangères dont il a cependant une connaissance exhaustive et il ne s'y rendra jamais. Depuis trente ans, il ne s'est pas éloigné de plus de quelques kilomètres de chez lui.

Ryger s'esclaffa.

Le teint de Mandel prit une teinte rouge brique : « Il se peut que vous trouviez cela comique, fit-il avec colère, mais je vous serais reconnaissant de bien vouloir faire attention à vos propos lorsque le Dr. Urth sera de retour. »

Quelques instants plus tard Wendell Urth réapparut, la démarche hésitante.

— Je vous prie de bien vouloir m'excuser, messieurs, fit-il dans un souffle. Maintenant, penchons-nous sur le problème qui me vaut votre visite. Peut-être l'un d'entre vous désire-t-il faire une confession ?

Un rictus amer tordit les lèvres de Talliaferro. L'extraterrologiste adipeux, prisonnier de son embonpoint, avait un aspect assez terrifiant pour arracher un aveu à n'importe qui. Heureusement, son concours serait inutile.

— Êtes-vous en rapport avec la police, Dr. Urth ? s'enquit-il.

Une sorte de vague euphorie fit s'épanouir la physionomie rubiconde de Wendell Urth. « Pas officiellement, Dr. Talliaferro, répondit-il. Mais j'ai d'excellentes relations avec elle sur un plan officieux.

— En ce cas, je suis en mesure de vous apporter une information que vous pourrez transmettre à vos amis policiers. »

Urth entreprit de sortir de son pantalon un pan de chemise avec lequel il se mit à polir ses lunettes. L'opération terminée, les verres à nouveau juchés précautionneusement sur l'arête de son nez, il dit : « Je vous écoute.

— Je sais qui était présent quand Villiers est mort. Je sais qui a scopé son rapport.

— Vous avez résolu l'énigme ?

— J'ai tourné cela dans ma tête toute la journée et je crois que j'ai la solution. »

Talliaferro savourait la sensation que ces mots venaient de créer.

— Eh bien, parlez.

Talliaferro respira profondément. Cela n'allait pas être facile quoiqu'il y eût des heures qu'il se préparait.

— Il est évident que le Dr. Hubert Mandel est l'assassin.

Mandel, estomaqué, le fusilla du regard et s'écria :

— Attention, Dr. Talliaferro ! Si vous avez une base d'accusation...

D'une voix suave, Urth l'interrompit :

— Laissez-le dire ce qu'il a à dire, Hubert. Vous l'avez-vous même soupçonné et il n'existe pas de loi qui lui interdise de vous soupçonner à son tour.

Mandel, furieux, se tut.

— C'est plus qu'un soupçon, Dr. Urth, enchaîna Talliaferro en contrôlant sa voix pour qu'elle ne vacillât point. C'est l'évidence même : cela saute aux yeux. Nous sommes quatre à être au courant de cette histoire de transfert massique mais le Dr. Mandel est le seul à avoir assisté à une démonstration. Il savait que cette découverte n'était pas une plaisanterie. Il savait qu'il existait un rapport noir sur blanc. Pour Kaunas, pour Ryger et pour moi-même, Villiers n'était qu'un personnage plus ou moins déséquilibré. Oh, certes, il se pouvait qu'il y eût une chance que sa découverte fût réelle. Si nous lui avons rendu visite à vingt-trois heures, je crois que c'était uniquement pour en avoir le cœur net, encore qu'aucun d'entre nous ne l'ait dit explicitement. Mais l'attitude de Villiers a plus que jamais été celle d'un fou. Passons à un autre point. La personne qui a vu Villiers à minuit (laissons-lui l'anonymat pour l'instant), la personne qui l'a vu s'écrouler et qui a scopé le document a dû éprouver un choc terrible quand Romano, apparemment revenu à la vie, lui a parlé par le truchement du téléphone. À ce moment, le criminel a réalisé qu'il lui fallait à tout prix se débarrasser de la spectroscopie car c'était une pièce à conviction qui l'accusait. Et ce film non développé, il fallait qu'il s'arrange pour qu'on ne puisse le découvrir mais, aussi, pour qu'il lui soit possible de le récupérer si jamais il était lavé de tout soupçon. Le rebord extérieur de la fenêtre constituait une cachette idéale. Il se hâta d'y dissimuler la pellicule compromettante. Dès lors, même si Villiers survivait et même si son message téléphonique donnait des résultats, ce serait la parole de l'un contre la parole de l'autre. Et il serait facile de prouver que Villiers était mentalement déséquilibré.

Talliaferro se tut, triomphant. Son raisonnement était irréfutable.

Wendell Urth le dévisagea en clignant des yeux et demanda : « Que concluez-vous de ces prémisses ?

— Ce que j'en conclus ? Que quelqu'un a ouvert la fenêtre et a déposé le film à l'extérieur, en plein air. Or, depuis dix ans, Ryger vit sur Cérès, Kaunas sur Mercure, moi sur la Lune, et les congés dont nous bénéficions sont peu fréquents. Pas plus tard qu'hier,

nous nous sommes plaints les uns et les
autres de la difficulté que nous avons à nous
acclimater à la Terre. Les mondes sur lesquels
nous travaillons sont dépourvus d'atmosphère.
Nous ne pouvons sortir sans vidoscaphe.
Pour nous, il est impensable de s'exposer au
milieu ambiant sans protection. Pour ouvrir
la fenêtre, il nous aurait fallu livrer un terrible combat intérieur. Mais le Dr. Mandel, lui,
n'a jamais quitté la Terre. Ouvrir une fenêtre
n'est pour lui qu'un simple effort musculaire.
Il pouvait le faire : pas nous. Par conséquent,
c'est lui le coupable.

Talliaferro se renversa sur son siège, un
léger sourire aux lèvres.

— Par l'espace, il a mis dans le mille !
s'écria Ryger avec enthousiasme.

— C'est absolument faux ! gronda Mandel
qui se leva à moitié comme s'il éprouvait la
tentation de bondir sur Talliaferro. C'est
une infamie, une calomnie montée de toute
pièce ! Je démens formellement cette version.
Vous oubliez que je possède l'enregistrement
de l'appel de Villiers. Il a employé l'expression *camarade d'université*. Il apparaît à l'évidence à l'écoute de la bande…

Talliaferro lui coupa la parole : « Ses propos étaient ceux d'un moribond. Vous avez vous-même reconnu qu'une grande partie de ce qu'il disait était inintelligible. Je n'ai pas auditionné la bande et je vous pose cette question, Dr. Mandel : la voix de Villiers n'est-elle pas déformée au point d'en être méconnaissable ?

— C'est-à-dire que… »

Mandel avait l'air embarrassé.

— Je suis sûr qu'elle est méconnaissable. Rien ne nous empêche donc de supposer que vous avez truqué l'enregistrement en vous arrangeant pour que l'expression *camarade d'université* sorte clairement.

— Mais comment aurais-je su que d'anciens condisciples de Villiers assisteraient à la convention ? Comment aurais-je su qu'ils étaient au courant de sa découverte ?

— Villiers a pu vous le dire et je présume qu'il l'a fait.

— Réfléchissez, fit Mandel. Vous l'avez vu tous les trois à vingt-trois heures : il était vivant. Le médecin légiste qui a examiné le cadavre un peu après trois heures affirme catégoriquement que le décès remontait au minimum à deux heures. Donc, il est mort entre vingt-trois heures et une heure du matin. Cette nuit-là, j'ai assisté à une conférence qui s'est prolongée tard. Je peux prouver que j'étais à je ne sais combien de kilomètres de l'hôtel entre vingt-deux heures et deux heures du matin. Une douzaine de témoins dont la parole ne saurait être mise en doute peuvent le confirmer. Cela vous suffit-il ?

— Même dans ce cas, cela ne change rien, répondit Talliaferro avec entêtement après quelques secondes de silence. Supposons que vous soyez rentré à l'hôtel vers deux heures et demie. Vous êtes allé chez Villiers pour discuter de son rapport avec lui. Vous avez trouvé la porte ouverte ou vous aviez un double de la clé. Toujours est-il qu'il était mort. Vous avez profité de l'occasion pour enregistrer sa communication avec votre scope.

— S'il était déjà mort et, par conséquent, dans l'incapacité de téléphoner, pourquoi aurais-je caché le film ?

— Pour écarter tout soupçon. Il n'est nullement exclu que vous ayez une seconde copie en votre possession. En vérité, nous n'avons que votre parole pour conclure que ce film a été détruit.

— Cela suffit ! s'exclama Urth. C'est là une hypothèse intéressante, Dr. Talliaferro, mais son seul défaut est de s'écrouler d'elle-même.

Talliaferro plissa le front. « C'est peut-être votre avis… »

— Ce sera l'avis de toute personne apte à réfléchir. Ne voyez-vous pas qu'Hubert Mandel en aurait trop fait pour être l'assassin ?

— Non, je ne le vois pas.

Wendell Urth eut un sourire bon enfant. « En tant qu'homme de science, Dr. Talliaferro, vous êtes indéniablement trop averti pour tomber amoureux de vos propres théories en restant sourd et aveugle aux faits et au raisonnement. Voulez-vous me faire la grâce d'adopter une attitude de détective ?

« Si le Dr. Mandel avait tué Villiers et s'était fabriqué un faux alibi ou s'il l'avait trouvé mort et en avait profité, il aurait eu assurément bien peu de mal à se donner ! Pourquoi scoper le rapport ? Pourquoi même accuser quelqu'un de l'avoir fait ? Il n'aurait eu qu'à s'emparer de l'original. Qui, en dehors de lui, en connaissait l'existence ? Personne. Il n'y a aucune raison de penser que Villiers ait parlé de sa découverte à quelqu'un d'autre. Il avait un goût quasi pathologique du secret. Tout porte à croire qu'il est resté muet comme une carpe là-dessus.

« D'autre part, le Dr. Mandel était seul à savoir que Villiers allait faire une communication. Celle-ci n'était pas annoncée. Aucune étude préalable n'a été publiée. Le Dr. Mandel pouvait s'en aller avec le rapport dans sa poche, tranquille et le front haut.

« Peut-être a-t-il appris que Villiers avait mis ses anciens condisciples au courant de ses projets ? Et alors ? Pour ceux-ci, ce n'étaient que des propos en l'air tenus par quelqu'un qu'ils considéraient comme un déséquilibré.

« Bien au contraire, en proclamant à haute et intelligible voix que le rapport Villiers était détruit, en soutenant que cette mort n'était peut-être pas naturelle, en s'acharnant à retrouver le film — bref, en faisant tout ce qu'il a fait, le Dr. Mandel a fait naître des soupçons qui ne seraient venus à l'esprit de personne s'il avait gardé le silence après avoir commis un crime parfait. À supposer que ce soit lui l'assassin, ce serait un criminel d'une stupidité colossale, d'une sottise monumentale dépassant tout ce qu'il m'a été donné de connaître au cours de ma carrière. Et le Dr. Mandel n'est ni stupide ni sot. »

Talliaferro médita intensément mais n'ouvrit pas la bouche.

— Alors, qui a tué Villiers ? demanda Ryger.

— Un de vous trois. C'est l'évidence même.

— Mais lequel ?

— C'est tout aussi évident. J'ai su qui était le coupable dès que le Dr. Mandel m'eut expliqué ce qui s'était passé.

Talliaferro dévisagea l'extraterrologiste obèse d'un air écœuré. Il était insensible au bluff mais les deux autres étaient ébranlés. Ryger pinçait les lèvres et la mâchoire inférieure de Kaunas pendait mollement — on aurait dit un crétin congénital. Ils ressemblaient tous les deux à des poissons.

— Eh bien, dites-nous son nom ! s'écria Talliaferro. Allez-y…

Les paupières de Wendell Urth battirent. « Tout d'abord, je tiens à préciser sans équivoque que ce qui compte avant tout, c'est la découverte du transfert massique. Il est encore possible de retrouver les documents.

— Que diable voulez-vous dire, Urth ? lança sur un ton agressif le Dr. Mandel qui continuait de faire la tête.

— La personne qui a scopé le rapport était probablement absorbée par l'opération. Je doute qu'elle ait eu le temps ou la présence d'esprit de lire la communication. Et, si elle l'a lue, je doute qu'elle puisse se la rappeler de façon consciente. Mais nous disposons de la psychosonde. Si elle a jeté ne serait-ce qu'un coup d'œil sur le texte original, la sonde révélera l'image qui a impressionné sa rétine. »

Les autres s'agitèrent, mal à l'aise, et Urth se hâta de poursuivre : « Il n'y a aucune raison d'avoir peur du psychosondage. Quand il est effectué par des gens qui connaissent leur affaire, on ne court aucun risque, surtout si le sujet est volontaire. Lorsqu'il y a des dommages, c'est en général à cause d'une résistance inutile de la part du sondé, une sorte de rupture mentale, comprenez-vous ? Aussi, si le coupable est prêt à passer librement aux aveux et à me remettre... »

Le rire strident de Talliaferro résonna bruyamment dans l'atmosphère feutrée de la pièce. La psychologie d'Urth était vraiment transparente et sans finesse !

Cette réaction parut presque méduser l'extraterrologiste qui regarda gravement Talliaferro par-dessus ses lunettes et dit :

— J'ai assez d'influence sur la police pour que les résultats du sondage restent confidentiels.

— Ce n'est pas moi qui l'ai tué ! fit Ryger sur un ton farouche.

Kaunas secoua la tête.

Talliaferro dédaigna de répondre.

Urth poussa un soupir.

— Eh bien, je vais être obligé de dénoncer moi-même le coupable. Ce sera traumatisant et compliquera la situation.

Il comprima plus fortement sa bedaine et ses doigts se tortillèrent.

— Le Dr. Talliaferro a déclaré que le film avait été caché sur le rebord extérieur de la fenêtre pour qu'on ne le découvre pas et qu'il demeure indemne. Je suis d'accord avec lui.

— Merci, murmura sèchement Talliaferro.

— Mais une question se pose : pourquoi viendrait-il à l'idée de quelqu'un que le rebord extérieur d'une fenêtre constitue une cachette particulièrement sûre ? C'est là un endroit que la police n'aurait pas manqué d'examiner. Or, la pièce à conviction a été récupérée sans même que la police ait eu à intervenir. On peut reposer la question autrement : qui aurait tendance à considérer que n'importe quelle partie de la façade extérieure d'un bâtiment constitue une cachette à toute épreuve ? Manifestement, une personne qui aurait longtemps vécu sur un monde dépourvu d'atmosphère et qui n'aurait jamais l'idée, de par l'entraînement qu'elle a subi, de s'aventurer hors d'un espace clos sans prendre de minutieuses précautions.

« Pour quelqu'un qui habite sur la Lune, par exemple, un objet dissimulé à l'extérieur d'un dôme est relativement à l'abri. On ne se risque guère sur la surface du satellite à moins de devoir le faire par nécessité professionnelle. Aussi, un habitué des conditions d'existence lunaire pourrait se forcer à ouvrir une fenêtre et à s'exposer à ce qu'il considérerait de manière subconsciente comme le vide afin de mettre un objet à l'abri. Sa pensée réflexe serait : *ce qui se trouve à l'extérieur d'un édifice habité est en sécurité.* Et le tour sera joué.

— Pourquoi faites-vous allusion à la Lune, Dr. Urth ? demanda Talliaferro entre ses dents serrées.

— C'était un simple exemple, répondit Urth avec affabilité. Tout ce que j'ai dit s'applique à vous trois. Mais nous en arrivons maintenant au point crucial, à la nuit mortelle.

Talliaferro fronça le sourcil.

— Vous voulez dire la nuit où Villiers est mort ?

— Je veux dire la nuit en général. N'importe quelle nuit… Même si l'on accepte l'hypothèse qu'un rebord de fenêtre constitue une cachette sûre, lequel d'entre vous serait assez fou pour considérer que c'est une cachette sûre *pour un film impressionné* ? Certes, l'émulsion de ce genre de pellicule manque de sensibilité. Elle est conçue pour pouvoir être développée dans des conditions défavorables. La luminosité diffuse de la nuit ne l'affecte pas gravement mais la clarté diffuse du jour la détériorerait en quelques minutes et l'exposition directe au soleil voilerait instantanément le film. Tout le monde sait cela.

— Continuez, Urth, dit Mandel. Où ce préambule nous mène-t-il ?

— N'essayez pas de me bousculer, répondit Urth avec une moue aux proportions colossales. Je tiens à ce que les choses soient parfaitement claires. L'assassin voulait avant tout mettre le film en lieu sûr. C'était un document en unique exemplaire ayant une importance suprême pour lui-même et pour le monde entier. Pourquoi l'aurait-il déposé dans un endroit où le soleil levant allait immanquablement anéantir cette précieuse pellicule ? Pour une raison bien simple : il ne prévoyait pas que le soleil se lèverait. Il pensait, en quelque sorte, que la nuit était immortelle.

Mais les nuits ne sont pas immortelles. Sur Terre, elles meurent pour céder la place au jour. Même la nuit polaire qui dure six mois finit par mourir. Sur Cérès, la nuit ne dure que deux heures et, sur la Lune, elle est de deux semaines. Ce sont aussi des nuits mortelles : le Dr. Talliaferro et le Dr. Ryger savent que le jour succède invariablement à la nuit.

Kaunas se leva :

— Attendez...

Wendell Urth le regarda dans les yeux.

— Il n'est plus besoin d'attendre davan-
tage, Dr. Kaunas. Mercure est le seul objet
céleste d'une taille significative du système
qui présente toujours la même face au soleil.
Même si l'on tient compte de la libration, les
trois huitièmes de sa surface demeurent éternellement plongés dans les ténèbres et ne
voient jamais le soleil. L'observatoire polaire
est situé à la frontière de la zone nocturne.
Au cours des dix années que vous avez pas-
sées sur Mercure, vous vous êtes habitué au
fait que les nuits sont immortelles, que ce qui
est dans l'obscurité demeure à jamais dans
l'obscurité. Aussi avez-vous fait confiance à la
nuit de la Terre pour protéger la pellicule
impressionnée, oubliant dans l'état de surex-
citation où vous étiez que les nuits sont mortelles...

Kaunas avança vers lui et répéta :

— Attendez...

Mais Urth poursuivit inexorablement :

— Si j'en crois ce qui a été dit ici, lorsque
Mandel a manœuvré le polarisateur dans la
chambre de Villiers, la vue de la lumière vous

a arraché un cri. Pourquoi avez-vous eu cette réaction ? À cause de la terreur, devenue pour vous une seconde nature, que le soleil de Mercure suscite en vous ? Ou parce que vous avez soudain compris que la lumière solaire réduisait votre plan à néant ? Vous vous êtes précipité à la fenêtre. Était-ce pour régler le polarisateur ou pour contempler le film détruit ?

Kaunas tomba à genoux.

— Je n'avais pas l'intention de le tuer. Je voulais lui parler. Je voulais simplement lui parler. Il a hurlé et il s'est écroulé. Je l'ai cru mort. Son rapport était sous l'oreiller et tout le reste s'est enchaîné. Une chose en amenait une autre et, avant même de m'en être rendu compte, j'étais pris dans l'engrenage. Mais je ne voulais pas cela. Je vous jure que je ne le voulais pas.

Les autres avaient formé le cercle autour de Kaunas qui gémissait. Il y avait de la compassion dans le regard de Wendell Urth.

L'ambulance était repartie. Finalement, Talliaferro prit sur lui et dit avec raideur à Mandel :

— J'espère, Docteur, que personne ne

conservera de rancune pour les paroles qui ont été prononcées ici.

Mandel répondit sur un ton tout aussi gourmé :

— Je pense qu'il est préférable pour tout le monde d'oublier autant que faire se peut ce qui s'est produit depuis vingt-quatre heures.

Ils étaient debout devant la porte, prêts à prendre congé. Wendell Urth, le sourire aux lèvres, inclina la tête et murmura :

— Reste à régler la question de mes honoraires.

Mandel le dévisagea d'un air stupéfait.

— Je ne demande pas d'argent, fit l'extraterrologiste en toute hâte. Mais, dès que le premier dispositif de transfert massique à l'usage humain aura été mis au point, je veux faire un voyage.

L'expression de Mandel était toujours aussi abasourdie.

— Comme vous y allez ! Les voyages dans l'espace ne sont pas pour demain !

Urth secoua la tête dans un mouvement saccadé.

— Il ne s'agit pas de voyager dans l'espace.

Absolument pas ! J'aimerais aller dans le New Hampshire. À Lower Falls.

— Ah bon… Mais pourquoi ?

Urth leva les yeux au ciel et Talliaferro nota, médusé, qu'il arborait soudain une expression où la timidité se mêlait en partie égale à l'impatience.

— Jadis… il y a bien longtemps… j'ai connu une jeune fille là-bas. Cela fait pas mal d'années… mais, parfois, je me demande si…

Post-scriptum

Certains lecteurs ont peut-être remarqué que cette nouvelle, originellement parue en 1956, est dépassée par les événements. En 1965, les astronomes ont découvert que Mercure ne présente pas toujours la même face au Soleil mais que cette planète a une période de rotation de l'ordre de cinquante-quatre jours, de sorte que toutes les parties de sa surface sont à un moment ou à un autre éclairées.

Que voulez-vous que je fasse sinon déplorer que les astronomes ne commencent pas par se mettre d'accord avec eux-mêmes ?

Et je me refuse catégoriquement à modifier cette histoire pour satisfaire leurs caprices !

Chante-cloche   9

Mortelle est la nuit   53

COLLECTION FOLIO 2€

Dernières parutions

5018. Rabindranath Tagore	*Aux bords du Gange* et autres nouvelles
5019. Émile Zola	*Pour une nuit d'amour* suivi de *L'inondation*
5060. Anonyme	*L'œil du serpent. Contes folkloriques japonais*
5061. Federico García Lorca	*Romancero gitan* suivi de *Chant funèbre pour Ignacio Sanchez Mejias*
5062. Ray Bradbury	*Le meilleur des mondes possibles* et autres nouvelles
5063. Honoré de Balzac	*La Fausse Maîtresse*
5064. Madame Roland	*Enfance*
5065. Jean-Jacques Rousseau	*« En méditant sur les dispositions de mon âme... »* et autres rêveries, suivi de *Mon portrait*
5066. Comtesse de Ségur	*Ourson*
5067. Marguerite de Valois	*Mémoires. Extraits*
5068. Madame de Villeneuve	*La Belle et la Bête*
5069. Louise de Vilmorin	*Sainte-Unefois*
5120. Hans Christian Andersen	*La Vierge des glaces*
5121. Paul Bowles	*L'éducation de Malika*
5122. Collectif	*Au pied du sapin. Contes de Noël*
5123. Vincent Delecroix	*Petit éloge de l'ironie*
5124. Philip K. Dick	*Petit déjeuner au crépuscule* et autres nouvelles
5125. Jean-Baptiste Gendarme	*Petit éloge des voisins*
5126. Bertrand Leclair	*Petit éloge de la paternité*
5127. Alfred de Musset - George sand	*« Ô mon George, ma belle maîtresse... » Lettres*

5128. Grégoire Polet — *Petit éloge de la gourmandise*

5129. Paul Verlaine — *L'Obsesseur précédé d'Histoires comme ça*

5163. Akutagawa Ryûnosuke — *La vie d'un idiot précédé d'Engrenage*

5164. Anonyme — *Saga d'Eiríkr le Rouge suivi de Saga des Groenlandais*

5165. Antoine Bello — *Go Ganymède!*

5166. Adelbert von Chamisso — *L'étrange histoire de Peter Schlemihl*

5167. Collectif — *L'art du baiser. Les plus beaux baisers de la littérature*

5168. Guy Goffette — *Les derniers planteurs de fumée*

5169. H. P. Lovecraft — *L'horreur de Dunwich*

5170. Léon Tolstoï — *Le diable*

5184. Alexandre Dumas — *La main droite du sire de Giac et autres nouvelles*

5185. Edith Wharton — *Le miroir suivi de Miss Mary Pask*

5231. Théophile Gautier — *La cafetière et autres contes fantastiques*

5232. Claire Messud — *Les Chasseurs*

5233. Dave Eggers — *Du haut de la montagne, une longue descente*

5234. Gustave Flaubert — *Un parfum à sentir ou Les Baladins suivi de Passion et vertu*

5235. Carlos Fuentes — *En bonne compagnie suivi de La chatte de ma mère*

5236. Ernest Hemingway — *Une drôle de traversée*

5237. Alona Kimhi — *Journal de berlin*

5238. Lucrèce — *« L'esprit et l'âme se tiennent étroitement unis ». Livre III de « De la nature »*

5239. Kenzaburô Ôé — *Seventeen*

5240. P. G. Wodehouse — *Une partie mixte à trois et autres nouvelles du green*

5290. Jean-Jacques Bernard — *Petit éloge du cinéma d'aujourd'hui*

5291. Jean-Michel Delacomptée — *Petit éloge des amoureux du Silence*

5292. Mathieu Térence — *Petit éloge de la joie*

5293. Vincent Wackenheim — *Petit éloge de la première fois*

5294. Richard Bausch — *Téléphone rose* et autres nouvelles

5295. Collectif — *Ne nous fâchons pas ! ou L'art de se disputer au théâtre*

5296. Robin Robertson — *Fiasco ! Des écrivains en scène*

5297. Miguel de Unamuno — *Des yeux pour voir* et autres contes

5298. Jules Verne — *Une fantaisie du Docteur Ox*

5299. Robert Charles Wilson — *YFL-500* suivi du *Mariage de la dryade*

5347. Honoré de Balzac — *Philosophie de la vie conjugale*

5348. Thomas De Quincey — *Le bras de la vengeance*

5349. Charles Dickens — *L'embranchement de Mugby*

5350. Épictète — *De l'attitude à prendre envers les tyrans*

5351. Marcus Malte — *Mon frère est parti ce matin...*

5352. Vladimir Nabokov — *Natacha* et autres nouvelles

5353. Arthur Conan Doyle — *Un scandale en Bohême* suivi de *Silver Blaze. Deux aventures de Sherlock Holmes*

5354. Jean Rouaud — *Préhistoires*

5355. Mario Soldati — *Le père des orphelins*

5356. Oscar Wilde — *Maximes* et autres textes

5415. Franz Bartelt — *Une sainte fille* et autres nouvelles

5416. Mikhaïl Boulgakov — *Morphine*

5417. Guillermo Cabrera Infante — *Coupable d'avoir dansé le cha-cha-cha*

5418. Collectif — *Jouons avec les mots. Jeux littéraires*

5419. Guy de Maupassant — *Contes au fil de l'eau*

5420. Thomas Hardy — *Les intrus de la Maison Haute* précédé d'un autre conte du Wessex

5421. Mohamed Kacimi — *La confession d'Abraham*

5422. Orhan Pamuk — *Mon père* et autres textes

5423. Jonathan Swift — *Modeste proposition* et autres textes

5424. Sylvain Tesson — *L'éternel retour*

5462. Lewis Carroll — *Misch-Masch* et autres textes de jeunesse

5463. Collectif — *Un voyage érotique. Invitations à l'amour dans la littérature du monde entier*

5464. François
de La Rochefoucauld — *Maximes* suivi de *Portrait de La Rochefoucauld par lui-même*

5465. William Faulkner — *Coucher de soleil* et autres Croquis de La Nouvelle-Orléans

5466. Jack Kerouac — *Sur les origines d'une génération* suivi de *Le dernier mot*

5467. Liu Xinwu — *La Cendrillon du canal* suivi de *Poisson à face humaine*

5468. Patrick Pécherot — *Petit éloge des coins de rue*

5469. George Sand — *La château de Pictordu*

5470. Montaigne — *De l'oisiveté* et autres Essais en français moderne

5471. Martin Winckler — *Petit éloge des séries télé*

5523. E.M. Cioran — *Pensées étranglées* précédé du *Mauvais démiurge*

5524. Dôgen — *Corps et esprit. La Voie du zen*

5525. Maître Eckhart — *L'amour est fort comme la mort* et autres textes

5526. Jacques Ellul — *« Je suis sincère avec moi-même »* et autres lieux communs

5527. Liu An — *Du monde des hommes. De l'art de vivre parmi ses semblables*

5528. Sénèque — *De la providence* suivi de *Lettres à Lucilius (lettres 71 à 74)*

5529. Saâdi — *Le Jardin des Fruits. Histoires édifiantes et spirituelles*

5530. Tchouang-tseu — *Joie suprême* et autres textes

5531. Jacques De Voragine — *La Légende dorée. Vie et mort de saintes illustres*

5532. Grimm — *Hänsel et Gretel* et autres contes

5589. Saint Augustin — *L'Aventure de l'esprit* et autres *Confessions*

5590. Anonyme — *Le brahmane et le pot de farine. Contes édifiants du Pañcatantra*

5591. Simone Weil — *Pensées sans ordre concernant l'amour de Dieu* et autres textes

5592. Xun zi — *Traité sur le Ciel* et autres textes

5606. Collectif — *Un oui pour la vie ? Le mariage en littérature*

5607. Éric Fottorino — *Petit éloge du Tour de France*

5608. E. T. A. Hoffmann — *Ignace Denner*

5609. Frédéric Martinez — *Petit éloge des vacances*

5610. Sylvia Plath — *Dimanche chez les Minton et autres nouvelles*

5611. Lucien — *« Sur des aventures que je n'ai pas eues ». Histoire véritable*

5631. Boccace — *Le Décaméron. Première journée*

5632. Isaac Babel — *Une soirée chez l'impératrice et autres récits*

5633. Saul Bellow — *Un futur père et autres nouvelles*

5634. Belinda Cannone — *Petit éloge du désir*

5635. Collectif — *Faites vos jeux ! Les jeux en littérature*

5636. Collectif — *Jouons encore avec les mots. Nouveaux jeux littéraires*

5637. Denis Diderot — *Sur les femmes et autres textes*

5638. Elsa Marpeau — *Petit éloge des brunes*

5639. Edgar Allan Poe — *Le sphinx et autres contes*

5640. Virginia Woolf — *Le quatuor à cordes et autres nouvelles*

5714. Guillaume Apollinaire — *« Mon cher petit Lou ». Lettres à Lou*

5715. Jorge Luis Borges — *Le Sud et autres fictions*

5716. Thérèse d'Avila — *Le Château intérieur. Les trois premières demeures de l'âme*

5717. Chamfort — *Maximes suivi de Pensées morales*

5718. Ariane Charton — *Petit éloge de l'héroïsme*

5719. Collectif — *Le goût du zen. Recueil de propos et d'anecdotes*

5720. Collectif — *À vos marques ! Nouvelles sportives*

5721. Olympe De Gouges — *« Femme, réveille-toi ! » Déclaration des droits de la femme et de la citoyenne et autres écrits*

5722. Tristan Garcia — *Le saut de Malmö et autres nouvelles*

5723. Silvina Ocampo — *La musique de la pluie et autres nouvelles*

Composition Nord Compo
Impression Novoprint
à Barcelone, le 5 mai 2014
Dépôt légal : mai 2014
Premier dépôt légal dans la collection : avril 2004

ISBN 978-2-07-031452-2/Imprimé en Espagne.

271318